ねこの風《かぜ》つくり工場《こうじょう》

工《こう》場《じょう》長《ちょう》のひみつのおひるね

みずの よしえ 作　いづの かじ 絵

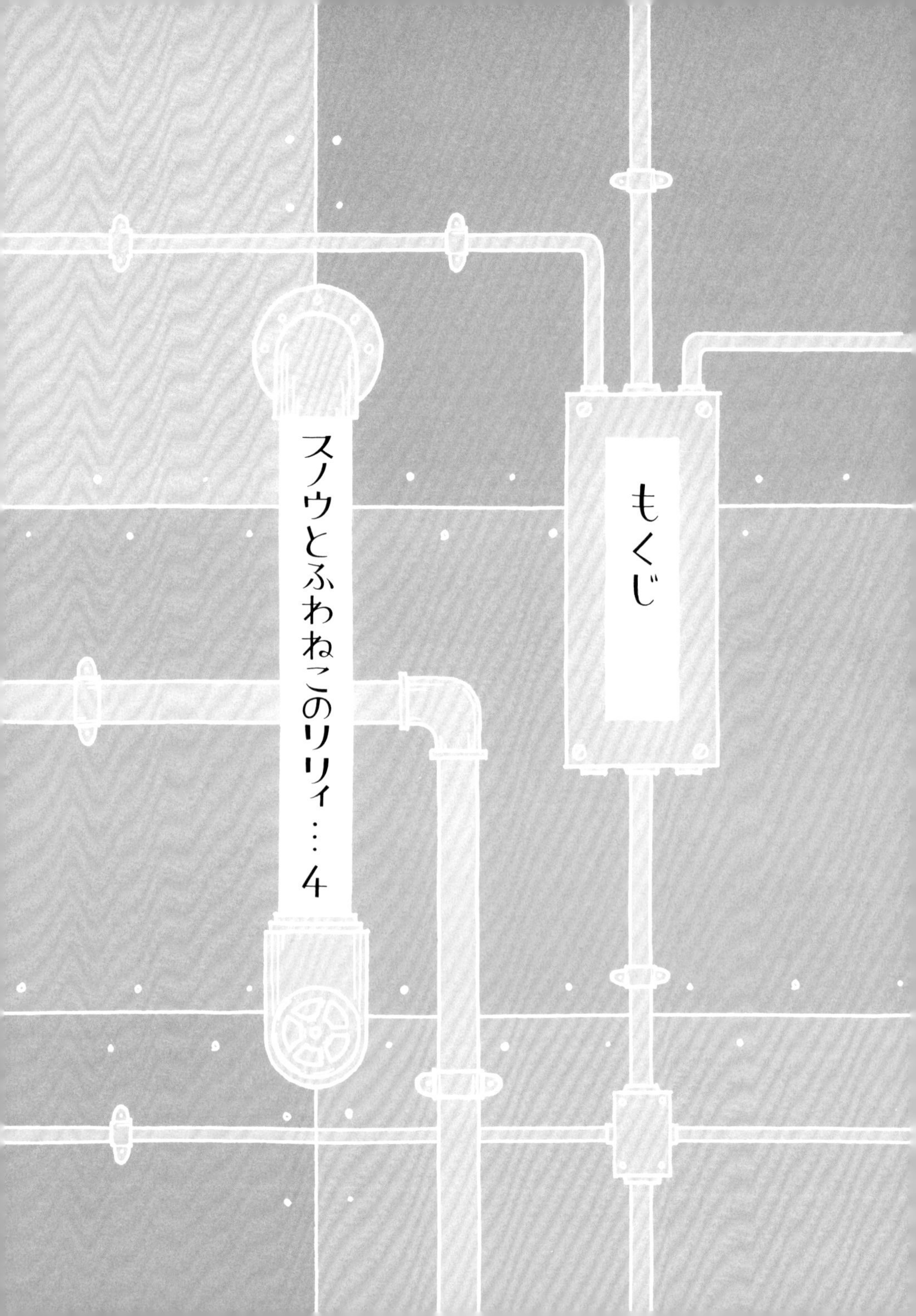

もくじ

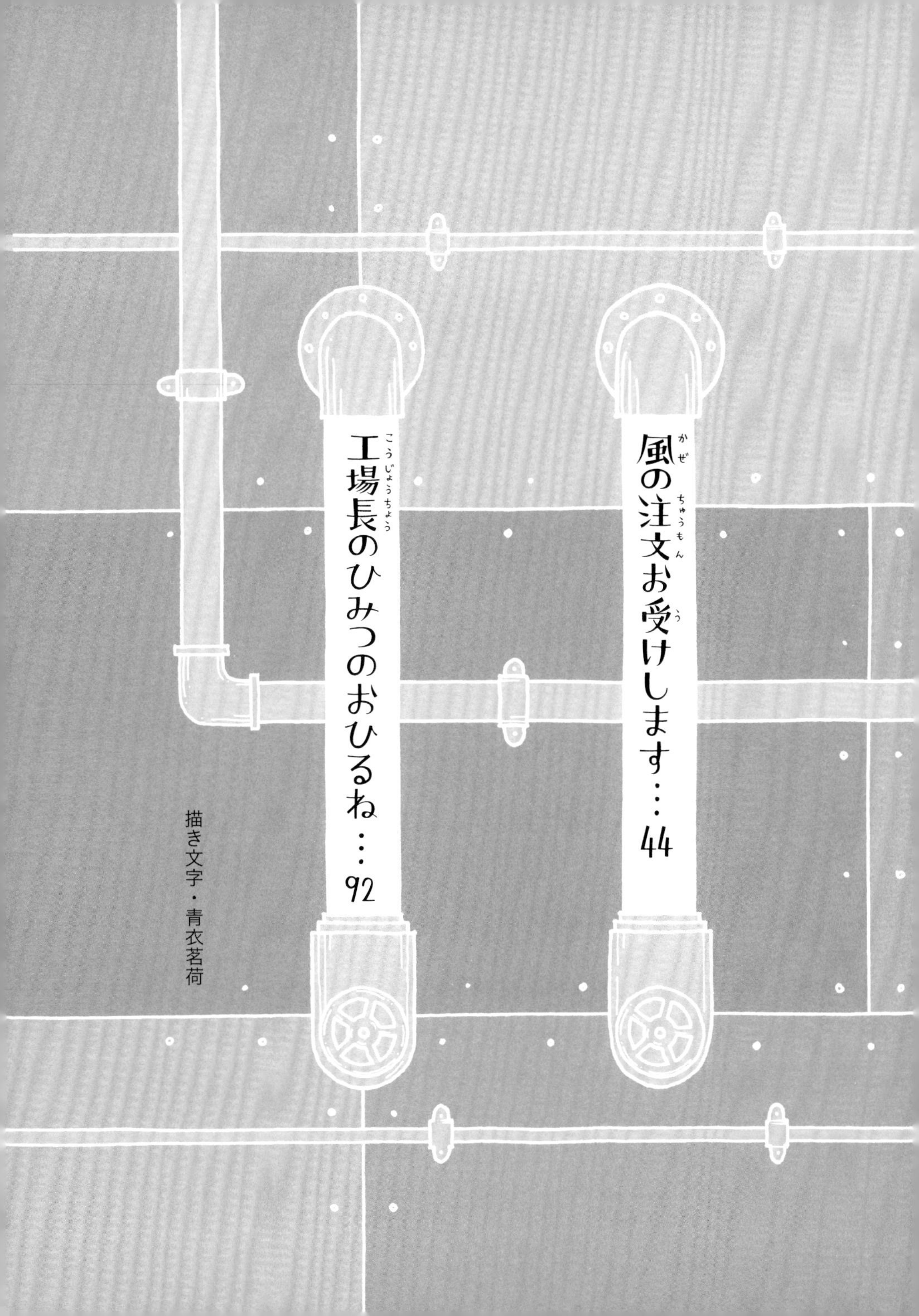

描き文字・青衣茗荷

スノウとふわねこのリリィ

町《まち》はずれの小《ちい》さな高台《たかだい》に、風《かぜ》をつくっている工場《こうじょう》があります。ガタンガタン、ウインウイン、と音《おと》を立《た》てて、工場《こうじょう》は朝《あさ》から夕方《ゆうがた》までうごきっぱなし。とてもいそがしい工場《こうじょう》です。

はたらいているのは町《まち》のねこたち。灰色《はいいろ》ねこのブラリや白《しろ》ねこのスノウ。茶《ちゃ》トラのトラ助《すけ》やからだの小《ちい》さな黒《くろ》ねこノロロ。

三毛《みけ》ねこ工場長《こうじょうちょう》の指示《しじ》のもと、かいねこものらねこも、町《まち》じゅうのねこたちが毎日《まいにち》せっせとはたら

いています。

ねこだけではありません。ハックという犬《いぬ》もいます。ハックは、大《おお》きななべの中《なか》でぐつぐつにえている風《かぜ》のもとを、長《なが》い木《き》べらでかきまぜるしごとをしています。これは風《かぜ》つくりのさいごの仕上《しあ》げ。犬《いぬ》ですが、ハックはとくべつ。ねこたちと仲《なか》よくはたらいています。

工場《こうじょう》のしごとはさまざまです。ベルトコンベアーに油《あぶら》をさしてまわるしごとや、レバーやボタンをたくみにつかって機械《きかい》をうごかすしごと。スノウやトラ助《すけ》のように、研究室《けんきゅうしつ》にとじこもって実験《じっけん》をくりかえすねこもいますし、ブラリのように、標本《ひょうほん》づくりとまるタンクのそうじというふたつのしごとをかけもちしているねこもいます。

ノロロや、きじねこのナツたちのような小《ちい》さなねこがしているのは、風《かぜ》の原《げん》料《りょう》あつめ。これは工場《こうじょう》でいちばん人気《にんき》のあるしごとです。風《かぜ》の原料《げんりょう》は季節《きせつ》によっていろいろですが、なによりたいせつなのが人間《にんげん》たちのわらい声《ごえ》のかけら。人《にん》間《げん》には見《み》えないけれど、ねこたちには見《み》える小《ちい》さなとうめいのつぶです。人間《にんげん》たちがわらうと、ころころっと口《くち》もとからこぼれおちます。

それを町《まち》じゅうのあちこちからひろってくるのです。

「ぼく、きょうは五個《こ》もひろったよ。」

「わたしなんて八個《こ》よ。」

おひるどき、ペロリ料理長《りょうりちょう》の食堂《しょくどう》では、外《そと》から帰《かえ》ったノロロとナツが、いつもたのしげに報告《ほうこく》しあいます。

このように、ねこたちの多《おお》くは工場《こうじょう》でせっせと自分《じぶん》のしごとをこなしています。けれども工場《こうじょう》には出勤《しゅっきん》せずに、自分《じぶん》の家《いえ》の中《なか》で風《かぜ》つくりのしごとをてつだっているねこもいて、工場《こうじょう》ではそういうねこを内職《ないしょく》さんとよんでいます。毛足《けあし》の長《なが》い白《しろ》いねこ、リリィも内職《ないしょく》さんのひとりです。リリィがうごくと、シャンプーのゆりの花《はな》の香《かお》りがその場《ば》にふわりとひろがります。白《しろ》く細《ほそ》い毛《け》がふわふわと空気《くうき》になびくようすは、まるでたんぽぽのわた毛《げ》のようです。

リリィを飼《か》っているのは、小《ちい》さな姉妹《しまい》のいる家族《かぞく》。おねえちゃんは小学《しょうがく》四年生《ねんせい》で、妹《いもうと》はその三つ下《した》です。ふたりのほかに、お父《とう》さんとお母《かあ》さんがいます。家《いえ》には姉妹《しまい》がおさないころからならっているピアノがあって、ふたりはよく練習《れんしゅう》をします。おねえちゃんのほうは、スタッカートのあるとびはねるような曲《きょく》がとくいです。まだ小《ちい》さな妹《いもうと》は、白《しろ》いけんばんだけの曲《きょく》ならひくことができます。姉妹《しまい》はときどきけんかをし、けんかの数《かず》だけなかなおりをします。かみ

の長《なが》さもすきな食《た》べ物《もの》もまるでちがいますが、いつもきゃっきゃとわらっている姉妹《しまい》のことが、ふわねこのリリィは大《だい》すきです。
家《いえ》の中《なか》にはピアノのほかに、家族《かぞく》が食事《しょくじ》をするテーブルや三人《にん》がけの大《おお》きなソファ、それにつくりつけの本《ほん》だながあります。
「あの本《ほん》だなには、パパのおしごとの本《ほん》がならんでいるの。だからかじったりしちゃだめなのよ。つめとぎ一回《かい》だってだめですからね。」
リリィは小《ちい》さいころから姉妹《しまい》のおね

えちゃんにそういわれています。おねえちゃんはときどきお母《かあ》さんみたいな話《はな》しかたをするのです。そんなとき、リリィはわかっていますよ、という顔《かお》をします。鼻《はな》をまっすぐ前《まえ》に向《む》けて、前足《まえあし》をきちんとそろえてすわるのです。そのしせいのままおねえちゃんの目《め》のおくをのぞきこむと、おねえちゃんはいつも、

「リリィはいい子《こ》。」

といって、頭《あたま》をなでてくれるのでした。

リリィのことをかわいがってくれるのは、姉妹《しまい》だけではありません。一家《いっか》のお父《とう》さんだって、しごとから帰《かえ》ってくると、すぐに、

「ただいま、リリィ。」

といって、リリィのあご下《した》やふわふわのひたいを、くるくるっとなでてくれます。ピアノの上《うえ》へあがるためのふみ台《だい》や、外《そと》へつながるリリィ用《よう》の小《ちい》さな出入《でい》り口《ぐち》をつけてくれたのも、お父《とう》さんです。

さて、朝早《あさはや》く、まずお父《とう》さんが出勤《しゅっきん》し、つぎに姉妹《しまい》ふたりがばたばたと学校《がっこう》へ、そしてお母《かあ》さんも週《しゅう》に何回《なんかい》かのクリーニング屋《や》さんのしごとにでかけていくと、家《いえ》の中《なか》はリリィだけになります。そうなると、まずリリィは姉妹《しまい》のピアノの上《うえ》にあがって、外《そと》のけしきをながめます。ピアノの上《うえ》はリリィが家《いえ》の中《なか》でいちばんすきな場所《ばしょ》。天気《てんき》のよい日《ひ》、スズメたちが、

「きょうの東風《ひがしかぜ》は最高《さいこう》だね。」

とか、

「きょうの日《ひ》だまりは五月《がつ》の麦《むぎ》の香《かお》りがするな。」

などとさわいでいるのを、耳《みみ》をひょこりひょこりとうごかしながら、のんびりと聞《き》きます。もちろん、雲《くも》がゆっくりと流《なが》れていくのをたのしむのもわすれません。ことんことんというリリィの小《ちい》さな心臓《しんぞう》の音《おと》が、おだやかなリズムをきざみます。ここちよい、うっとりとした気《き》もちになれる時間《じかん》。リリィの毎日《まいにち》の日課《にっか》です。庭《にわ》のジューンベリーの小《ちい》さな葉《は》っぱがゆれるのをながめたり、空《そら》の

高《たか》いところを飛《と》んでいく旅鳥《たびどり》のかげを追《お》いかけたり。毎日《まいにち》おなじように見《み》えて、まどの外《そと》はいつだってちがいます。リリィはときおり目《め》をくりっと大《おお》きくしたり、首《くび》をそっとかたむけたりしながらたのしむのです。そうやってしばらく朝《あさ》の時間《じかん》をすごしたあと、

「そうだわ。」

と、目《め》をぱちくりさせて、ベッドの下《した》にかくしておいたしごとの道具《どうぐ》をひっぱりだします。風《かぜ》つくり工場《こうじょう》からたのまれているしごとにとりかかるのです。

リリィのように、家《いえ》の中《なか》でくらすかいねこが、このごろふえてきました。三《み》毛《け》ねこの工場長《こうじょうちょう》は、そういうねこをひとりひとりたずねて面接《めんせつ》し、そのねこに合《あ》った内職《ないしょく》をおねがいしています。工場《こうじょう》がきゅうにいそがしくなる季節《きせつ》のかわり目《め》など、内職《ないしょく》さんがいてくれると大《おお》だすかり。一年《ねん》に一度《いちど》の大《おお》そうじのときなんて、内職《ないしょく》さんにてつだってもらわなければとてもしごとがまわりません。

しごとはいろいろ。部品《ぶひん》みがきはもちろん、花《はな》の種《たね》を種類《しゅるい》べつにわけたり、標本《ひょうほん》びんのふたのパッキンを消毒《しょうどく》したりはめなおしたり。

トラ助《すけ》のおねえさんねこのみやびも、内職《ないしょく》さんのひとりです。みやびはトラ助《すけ》とはべつの家《いえ》にすんでいて、工場長《こうじょうちょう》が地域安全安心会議《ちいきあんぜんあんしんかいぎ》でメモをしてきたことを、トラねこ文字《もじ》で清書《せいしょ》するしごとをしています。トラねこ文字《もじ》というのは、トラねこ家系《かけい》に代々《だいだい》伝《つた》わる暗号文字《あんごうもじ》。トラ助《すけ》とみやびにしか読《よ》み書《か》きできないとくべつな文字《もじ》です。会議《かいぎ》のメモの中《なか》には、外《そと》にもれてしまってはいけないひみつのことがらや、工場長《こうじょうちょう》のアイデアなどもまざっています。それをトラねこ文字《もじ》にしてしまえ

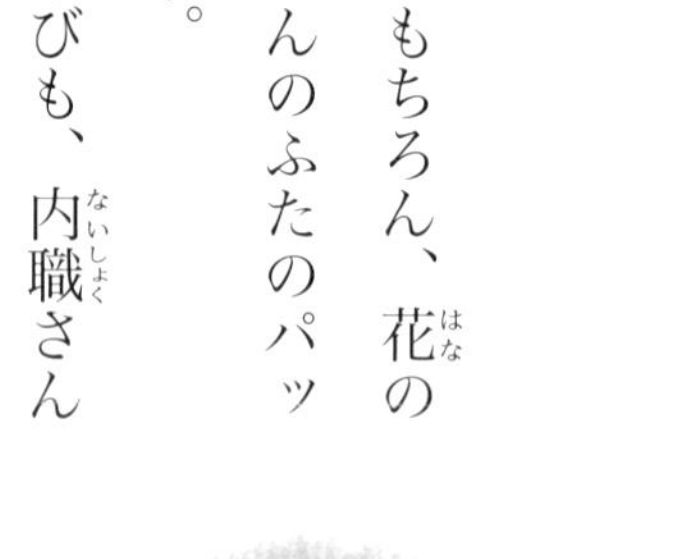
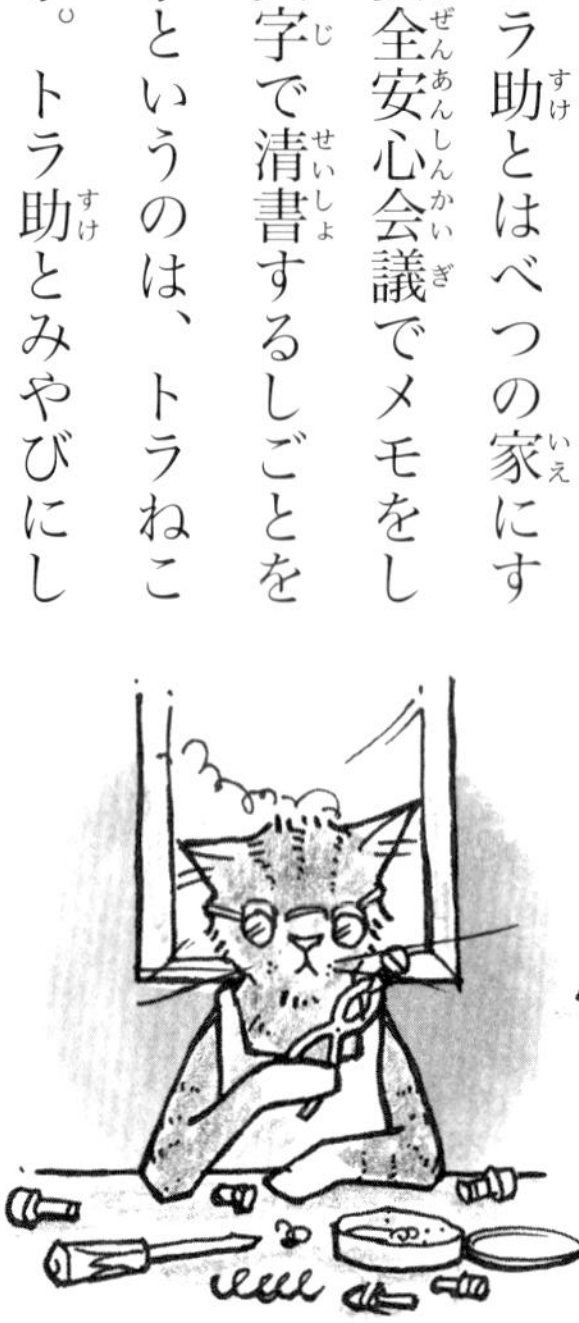
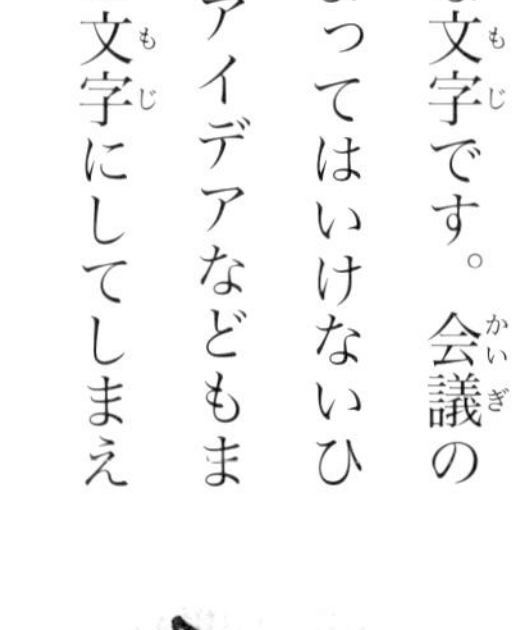

ば、かんたんには読《よ》めない書類《しょるい》のできあがり。トラねこ家系《かけい》だからこそできるだいじなしごとです。このように風《かぜ》つくり工場《こうじょう》は、縁《えん》の下《した》の力《ちから》もちである内職《ないしょく》さんに、たくさんささえられています。

さて、リリィは手先《てさき》が器用《きよう》なねこですから、風《かぜ》の材料《ざいりょう》につかうものの下《した》ごしらえをまかされています。

「リリィのしごとのていねいさには目《め》を見《み》はるものがある。みんなも見習《みなら》うように。」

工場長《こうじょうちょう》も、よく朝礼《ちょうれい》のときにリリィのしごとぶりをみんなに話《はな》します。リリィがまかされる材料《ざいりょう》の下《した》ごしらえというのは、たとえば夏風《なつかぜ》に入《い》れる貝《かい》がらの砂《すな》をはらったり、どんぐりをつやつやにみがいたりというようなものです。しごとの道具《どうぐ》はやわらかい布《ぬの》や大小《だいしょう》のブラシ。材料《ざいりょう》のよごれを落《お》としてからミキサーに入《い》れると、仕上《しあ》がる風《かぜ》もぐんとかわります。たいせつなことです。月《つき》に二回《かい》ほど、トラ助《すけ》が材料《ざいりょう》をリリィの家《いえ》のはきだしまどの外《そと》まで、とどけることになっています。

リリィがこの家《いえ》にきてすぐに、お父《とう》さんはえんがわにつづくはきだしまどのよこかべに、リリィ用《よう》の小《ちい》さな出入《でい》り口《ぐち》をつけてくれました。

「ごらん。これさえあれば、リリィもお庭《にわ》と家《いえ》の中《なか》を自由《じゆう》に行《い》き来《き》できるからね。」

お父《とう》さんはとくいげでした。けれどせっかくつけてくれた出入《でい》り口《ぐち》を、リリィはふだんまったくつかいません。外《そと》はくらくらするほど日《ひ》のひかりがまぶしくて、車《くるま》の音《おと》も大《おお》きくて、部屋《へや》の中《なか》のほうが安心《あんしん》だわ、そうリリィは思《おも》うのです。

ただトラ助《すけ》がきたときだけは、出入《でい》り口《ぐち》のドアを頭《あたま》のてっぺんでくいっとおして、ほんのすこしだけ外《そと》に出《で》ます。

きょうはちょうどトラ助《すけ》がしごとをとどけにくる日《ひ》。えんがわにおりると、肉球《にくきゅう》がじんわり温《あたた》かです。

「やあリリィ、かわりない？　きょうはすごくいい天気《てんき》だね。」

トラ助《すけ》は、こんな気《き》もちのいい日《ひ》は外《そと》を歩《ある》くのがたのしいよ、とつけくわえました。リリィにしたって姉《あね》のみやびにしたって、どうして町《まち》に出《で》ようとしないのか、トラ助《すけ》にはさっぱり理解《りかい》できません。天気《てんき》のいい日《ひ》には外《そと》の風《かぜ》にあたるのがいちばんです。

「ありがとう、トラ助《すけ》。でもわたし、家《いえ》の外《そと》に出《で》るのってなんだかこわいの。トラ助《すけ》がとどけてくれてたすかるわ。」

リリィは声《こえ》までふわふわ。そのやわらかな声《こえ》で、リリィはいつも、外《そと》はあぶないもの、と首《くび》をすくめるのでした。今月分《こんげつぶん》のしごとの内容《ないよう》を説明《せつめい》しながら、トラ助《すけ》はふと、リリィがこんなことをいっているのをスノウが聞《き》いたら、なんて思《おも》うかな、と思《おも》いました。

白《しろ》ねこのスノウは工場《こうじょう》の研究員《けんきゅういん》です。スノウもかいねこですが、毎日工場《まいにちこうじょう》の研究室《けんきゅうしつ》に出勤《しゅっきん》し、朝早《あさはや》くから白衣《はくい》を着《き》てしごとをしています。スノウのまつげはいつだってぱちぱちと元気《げんき》がよく、頭《あたま》の毛《け》からしっぽの先《さき》まですべすべまっ白《しろ》。着《き》る白衣《はくい》にも毎朝《まいあさ》ていねいにアイロンをかけ、いつだって身《み》なりをきれいに整《ととの》えています。研究《けんきゅう》にもそれは熱心《ねっしん》。残業《ざんぎょう》だってしますし、必要《ひつよう》ならば車《くるま》の行《い》き来《き》のはげしい国道《こくどう》へ、風《かぜ》のしっぽの長《なが》さをはかりに行《い》ったりもします。スノウは自分《じぶん》でたしかめることがすきですし、ひとりでだってどんどん行動《こうどう》するのです。そんながんばりやですから、ほんとうをいうと、スノウは自分《じぶん》とリリィとでは、しごとにたいする気《き》もちがぜんぜんちがうのでは、と思《おも》っていました。

「のんびりと空《そら》をながめながらおしごとをしてもらっちゃこまるのよ。トラ助《すけ》、ちゃんとリリィに伝《つた》えてきてちょうだいね。これ、期限《きげん》があるものだから。」

けさもトラ助《すけ》はスノウにそういわれてきたのです。このあいだ一度《いちど》だけ、リリィがしごとの期限《きげん》をまもらなかったことがありました。スノウはそのことにいまもすこし納得《なっとく》がいっていないのです。

「だいじょうぶ、ちゃんと伝《つた》えてくるよ。」

そうはいったのですが、トラ助《すけ》は、いつもいっしょにいるスノウのことを尊《そん》敬《けい》している気《き》もちの半面《はんめん》、リリィのふわふわとしたやわらかな声《こえ》を聞《き》くと、なんだかつよくいえなくなっちゃうんだよなあ、と思《おも》うのでした。

「工場《こうじょう》のみんなは元気《げんき》？　ノロロちゃんは大《おお》きくなったかな。スノウさんはあいかわらずおしごとがんばっているのかしら。」

依頼《いらい》のしごとや説明書《せつめいしょ》などのたばの中《なか》に、みやびからの、あめのつつみ紙《がみ》に書《か》かれた手紙《てがみ》を見《み》つけると、リリィはふわっとからだをふくらませました。

「まあ、みやびちゃんからのお手紙《てがみ》、あずかってきてくれたのね。あいかわらずみやびちゃんて字《じ》がじょうずねえ。」

リリィはいつだってゆうがで、ゆりの花《はな》の香《かお》りをふんわりただよわせているのでした。

さてある日《ひ》のことです。リリィの家《いえ》のいつもわらってばかりの姉妹《しまい》が、ふたりそろってしょんぼりと肩《かた》を落《お》としていました。ふたりして口《くち》をへの字《じ》にまげて、妹《いもうと》のほうはいまにも目《め》から涙《なみだ》がこぼれおちそう。いつものようにまどの外《そと》をおっとりとながめていたリリィは、それに気《き》づくと目《め》をぱちくりさせて、ピアノの上《うえ》から足音《あしおと》も立《た》てずにおりたちました。

「しかたないのよ。パパだってたのしみにしていたの。」

となりではお母《かあ》さんがこまったような顔《かお》。リリィにも、だんだんわけがわかってきました。

こんど、姉妹《しまい》のピアノ発表会《はっぴょうかい》があるのです。ふたりはそこで、「小《ちい》さな花《はな》のワルツ」をれんだんすることになっています。一台《だい》のピアノの前《まえ》にふたりならんですわって、ひとつの曲《きょく》をいっしょにひくのです。

ここのところ、姉妹《しまい》が毎日《まいにち》がんばって練習《れんしゅう》をしているので、リリィだっておぼえてしまって、頭《あたま》の中《なか》が花《はな》のワルツでいっぱいになるくらい。おねえちゃんは、スタッカートがたくさんあるかろやかな曲《きょく》をひきたい気《き》もちをぐっとこらえて、妹《いもうと》でもじょうずにひけそうな三拍子《さんびょうし》のワルツをえらびました。苦手《にがて》なスラーをなるべくゆうがにつなげてひけるように、おねえちゃんは何度《なんど》もおなじところを練習《れんしゅう》しています。妹《いもうと》も、いつもにくらべてずいぶんとむずかしい曲《きょく》なのですが、おねえちゃんといっしょにすこしでもおとなびた曲《きょく》をひきたくて、毎日《まいにち》いっしょうけんめい音《おと》をひろっています。そうして姉妹《しまい》は、いつもしごとでいそがしくて家《いえ》にいないお父《とう》さんを、発表会《はっぴょうかい》でびっくりさせようと思《おも》っていました。

お母《かあ》さんとえらんだ、白《しろ》いえりのワンピースを姉妹《しまい》おそろいで着《き》て、まちがえずにじょうずにひいたら、お父《とう》さんは、

「すごいなあ。」

といって、よろこんでくれるにちがいありません。

「まったく、うちのふたりはおてんばでこまってしまう。」

と、いつもいっているお父《とう》さんです。おすましてワルツをひいているのを見《み》たら、どんなに目《め》がまんまるになるでしょう。

それをたのしみに練習《れんしゅう》をがんばっていたのに、発表会《はっぴょうかい》にお父《とう》さんがこられなくなったというのです。たいせつなしごとが入《はい》ってしまって、お父《とう》さんは会社《かいしゃ》を休《やす》めなくなってしまったのでした。発表会《はっぴょうかい》まであと一週間《しゅうかん》。いちばん見《み》てほしいのがお父《とう》さんだったのに。

夜《よる》、姉妹《しまい》はあれこれいいたい気《き》もちをこらえてねむりにつきました。お母《かあ》さんが姉妹《しまい》の背中《せなか》をかわるがわるなでているのを、リリィは寝室《しんしつ》のドアのところでちょこんとすわって見《み》ていました。

つぎの日《ひ》、リリィはしずんだ気《き》もちでまどの外《そと》をぼんやりながめていました。それで、トラ助《すけ》が何度《なんど》もまどをたたいた音《おと》に、なかなか気《き》づきませんでした。

「リリィどうしたの。ぼく、もう何回《なんかい》もよんだんだよ。」

やっと気《き》づいてくれたリリィにトラ助《すけ》がいうと、リリィは、

「ごめんなさいね。」

といって、そのわけを話《はな》しました。

「せめて、お父《とう》さんにふたりの演奏《えんそう》をとどけられたらいいなって思《おも》うの。」

そういって、リリィは長《なが》い毛《け》をふわりとうごかします。

「そうだねえ。」

トラ助《すけ》は思《おも》いをめぐらせてみましたが、なかなかいい案《あん》がうかんできません。

こんなとき、スノウならなにかいいアイデアを出《だ》してくれるかも。

「ぼく、工場《こうじょう》に帰《かえ》ってスノウに相談《そうだん》してみるよ。きっといい案《あん》があると思《おも》うんだ。」

トラ助《すけ》は自信《じしん》たっぷりでした。スノウはいつだってたよりになるのです。

「ありがとうトラ助《すけ》。わたしも考《かんが》えてみるわ。」

リリィはゆらんとしっぽをゆらしました。

リリィの期待《きたい》にこたえたくて、トラ助《すけ》はいそいで帰《かえ》ってスノウに姉妹《しまい》のことを話《はな》しました。けれどスノウはそれを聞《き》いて、

「ふうん。それはちょっと、むずかしいわね。」

といったきり。ちっともしんけんに考《かんが》えてくれません。問《と》いつめたトラ助《すけ》に、

「わたしにももうすぐ学会《がっかい》があるっていうこと、トラ助《すけ》だって知《し》っているでしょう？〈雨《あめ》つづきでこまったときにふかせる六月《がつ》の風《かぜ》〉の発表《はっぴょう》のために、もっとできることがあると思《おも》うの。そ

れどころじゃないのよ。」

とまでいったのです。いつものスノウらしくありません。トラ助《すけ》はリリィが心《しん》配《ぱい》でしたが、スノウの助手《じょしゅ》として、研究《けんきゅう》につかう六月《がつ》の雨《あめ》を小《こ》わけのパックにしたり、ガラスビーカーの中《なか》にできた小《ちい》さな雲《くも》の温度《おんど》をはかったり、その中《なか》へ大《おお》きなスポイトをつかって風《かぜ》をふきこんだりなどしているうちに、あっというまに何日《なんにち》もすぎてしまいました。そして姉妹《しまい》のピアノ発表会《はっぴょうかい》は、とうとうあしたになってしまったのです。

ピアノ発表会《はっぴょうかい》の前《まえ》の日《ひ》の夜《よる》、実験《じっけん》が長《なが》びいて帰《かえ》りがおそくなってしまったスノウは、日《ひ》のくれた住宅街《じゅうたくがい》をいそぎ足《あし》で帰《かえ》っていました。もちろん、あしたが姉妹《しまい》の発表会《はっぴょうかい》の日《ひ》だなんて、スノウはこれっぽっちも気《き》づいていません。なにしろスノウは、一週間後《しゅうかんご》の学会《がっかい》のことで頭《あたま》がいっぱいだったのです。

学会《がっかい》というのは、年《ねん》に一度《いちど》開催《かいさい》される勉強会《べんきょうかい》。それぞれの工場《こうじょう》の研究員《けんきゅういん》が集《あつ》まって、おたがいの風《かぜ》のレシピを交換《こうかん》したり、新《あたら》しい研究結果《けんきゅうけっか》を報告《ほうこく》し合《あ》ったりする会《かい》です。大《おお》きい風《かぜ》やつよい風《かぜ》の新《あたら》しいレシピが、毎年《まいとし》のように発表《はっぴょう》されます。けれどスノウはその逆《ぎゃく》、やさしくふく小《ちい》さな風《かぜ》のレシピを発表《はっぴょう》したいと考《かんが》えていました。六月《がつ》のこまかい雨《あめ》の日《ひ》に、やさしく小《ちい》さくそよぐ風《かぜ》。これはとてもむずかしい課題《かだい》です。すこしでも風《かぜ》がつよくふいてしまうと、細《ほそ》い雨《あめ》はよこになびいてしまって、かさをさしている人《ひと》の肩《かた》やほっぺたをぬらしてしまいます。かといってただ弱《よわ》くふくだけではいけません。雨《あめ》の日《ひ》の風《かぜ》には、上空《じょうくう》の雨雲《あまぐも》をとおくにどかすというたいせつな役目《やくめ》があるからです。

「小《ちい》さくても弱《よわ》くても、雲《くも》をおしやる力《ちから》のある風《かぜ》じゃないと。」

スノウはぶつぶつと小《ちい》さな声《こえ》でつぶやきます。実験《じっけん》は成功《せいこう》にちかづいていました。

「でも、上空《じょうくう》の雨雲《あまぐも》をとおくに移動《いどう》させるには、どうしたらいいのかしら。」

いままでトラ助《すけ》とやってきた実験《じっけん》は、小《ちい》さなビーカーの中《なか》でなら成功《せいこう》します。

まず、ビーカーの中《なか》に灰色《はいいろ》の雨雲《あまぐも》をつくります。雨雲《あまぐも》の下《した》は絹糸《きぬいと》のような細《ほそ》い雨《あめ》。そこへ、今回《こんかい》の新作《しんさく》の風《かぜ》を、スポイトとストローをつかって細《ほそ》く長《なが》くふきいれます。新作《しんさく》の風《かぜ》はとても弱《よわ》くて小《ちい》さいので、たとえ長《なが》くふきいれても、雨《あめ》がよこになびいてしまうことはありません。けれども雨雲《あまぐも》はというと、じわじわとおしだされていくのです。実験《じっけん》は大成功《だいせいこう》。雨《あめ》もいっしょにはこばれていきました。

けれど実験《じっけん》をビーカーよりひとまわり大《おお》きい水《すい》そうの中《なか》でおこなうと、風《かぜ》は、とたんに雨雲《あまぐも》をうごかすことができなくなってしまうのでした。どんなに時間《じかん》をかけても結果《けっか》はおなじ。風《かぜ》に力《ちから》が足《た》りないからです。これでは六月《がつ》の長雨《ながあめ》はいつまでもつづくばかり。なんとかして雨雲《あまぐも》をとおくへおしやりたいのに。

「こんどの学会《がっかい》では、ビーカーで説明《せつめい》すればいいと思《おも》うよ。スノウは雨《あめ》の日《ひ》にふいても肩《かた》をぬらさない新《あたら》しい風《かぜ》をつくったんだもの。たとえビーカーの中《なか》だけの成功《せいこう》だって、これはすごいことなんだ。」

トラ助《すけ》はそういってくれますが、スノウはまだあきらめていません。

「そうね。でも、まだすこし時間《じかん》があるから、きょうは家《いえ》でしらべものでもしてみるわ。」

スノウはやれることはすべてやりきりたいと思《おも》っていました。

そんなわけで、スノウは帰《かえ》り道《みち》をいそいでいました。スノウの家《いえ》は住宅街《じゅうたくがい》の中《なか》にあります。かいぬしのゆきさんは、町《まち》の薬局《やっきょく》につとめているくすりの調剤《ちょうざい》師《し》。ゆきさんの部屋《へや》の本《ほん》だなには、ものがたりの本《ほん》やら図鑑《ずかん》やらがずらりとならんでいます。スノウは今夜《こんや》、その本《ほん》だなをすみからすみまでながめてみるつもりでした。以前実験《いぜんじっけん》がなかなかうまくいかなかったとき、ゆきさんの本《ほん》だなにならぶ本《ほん》の題名《だいめい》から、ちょっとしたヒントをもらったことがあったからです。

「ひょっとしたら、きょうはゆきさんのほうがわたしより早《はや》く帰《かえ》っているかもしれないわね。」

スノウの足《あし》はしぜんに速《はや》くなりました。ゆきさんよりさきに帰《かえ》って、ゆっくりぞんぶんに本《ほん》だなをながめたかったのです。スノウはいそいでさいごの角《かど》をまがります。そのときです。目《め》の前《まえ》に、ふわん、と、なにかがゆっくりととびだしました。ふわりとゆりの花《はな》のいい香《かお》り。

「まあ、リリィじゃない。どうしたの。」

こんなところでリリィに会《あ》うなんて。スノウはびっくりしました。よく見《み》ると、リリィのからだはふるえています。長《なが》い毛《け》がふるふるとこまかくゆれているのです。

「会《あ》えてよかったわ。ずっと帰《かえ》りをまっていたの。こんなにおそくまでおしごとしているなんて、スノウさん、おつかれさま。」

フルートのようなリリィの声《こえ》。リリィはスノウに会《あ》うために、家《いえ》からここまでやってきたのでした。リリィが町《まち》に出《で》るなんて、きっとはじめてのことでしょう。

「あら。この時間《じかん》に帰《かえ》るのなんて、いつものことよ。」

スノウはわざと落《お》ちついた声《こえ》でいいました。そして、何日《なんにち》か前《まえ》にトラ助《すけ》がいっていたことを思《おも》いだしました。そういえば姉妹《しまい》の発表会《はっぴょうかい》ってあしただったかしら。スノウはあわてて研究室《けんきゅうしつ》にあったカレンダーを思《おも》いうかべました。むねのあたりがチクリといたみます。トラ助《すけ》がその日《ひ》に赤《あか》いまるをつけていたような。

「スノウさん、わたし、いつもわたしのことをだいじにしてくれる家族《かぞく》のために、なにかできることないかなって、ずっと考《かんが》えていたの。それでね。」

リリィのからだはまだふるえています。リリィにとってみたら、道《みち》を走《はし》る車《くるま》も、自転車《じてんしゃ》も、首《くび》わにつながれている庭先《にわさき》の犬《いぬ》も、なにもかもがとてもこわかったにちがいありません。スノウはそっと車道《しゃどう》がわに立《た》って、リリィを道《みち》の内《うち》がわによせました。

「それでね、スノウさん。わたし、まどの外《そと》にできたクモの巣《す》の糸《いと》をもってきたの。これ、つかえないかしら。」

リリィは小《ちい》さなバッグをスノウにさしだしました。見《み》ると、中《なか》にはクモの糸《いと》。くしゅくしゅといっぱい入《はい》っています。

「ここへくるとちゅうの道《みち》にも見《み》つけて、あつめてきたの。」

スノウはめんくらって考《かんが》えました。リリィはいったいこのクモの巣《す》の糸《いと》をつかって、どうしようというのでしょう。リリィはたしか、姉妹《しまい》のお父《とう》さんにピ

アノの演奏《えんそう》をとどけられたらいいといっていたはず。それとクモの巣《す》の糸《いと》と、どういう関係《かんけい》があるのかしら。そこまで考《かんが》えたとき、

「そういうことね。」

スノウはぱちぱちっと長《なが》いまつ毛《げ》をしばたたかせました。

「このクモの糸《いと》をつかって、とおくまで音《おと》をはこぶ風《かぜ》をつくるのね。」

リリィはこくんとうなずきます。

「うまくできるかわからないのだけど、どうかしら。」

心配《しんぱい》そうなリリィの顔《かお》を見《み》て、スノウはそうね、といいました。

「そうね、わからないけれど、やってみる価値《かち》はあると思《おも》うわ。」

そういいおわらないうちに、もう、スノウはいま帰《かえ》ってきた道《みち》を工場《こうじょう》へとひきかえしていました。

クモは、おしりから細《ほそ》くて長《なが》い糸《いと》を出《だ》します。その糸《いと》で、あみ目《め》もようの巣《す》

をつくることは、よく知《し》られていることです。クモの糸《いと》は一見《いっけん》とても細《ほそ》くてたよりなさげに見《み》えますが、じつはのびちぢみする、ねばりづよい糸《いと》。かんたんには切《き》れません。クモたちは、おしりから糸《いと》を出《だ》して風《かぜ》にのり、とおくまでとんでいったりもします。もしクモの糸《いと》を風《かぜ》の材料《ざいりょう》につかったなら、しっぽの長《なが》い、どこまでもふく風《かぜ》ができあがるでしょう。そしてその風《かぜ》は、のびたりちぢんだりしながら、ピアノの音《おと》をひとつもこぼさず、とおくへはこんでくれるでしょう。なんていい考《かんが》えかしら。スノウはすなおにそう思《おも》いました。クモの糸《いと》を風《かぜ》の材料《ざいりょう》につかうなんてはじめてです。

「スノウさん、わたし、これももってきたの。」

足早《あしばや》に歩《ある》くスノウのうしろを、リリィも必死《ひっし》でついてきています。リリィがもうひとつのふくろに入《い》れてもってきたのは、姉妹《しまい》がいつもきゃっきゃとわらって落《お》としているわらい声《ごえ》のかけら。つぶのそろった、かわいらしいかけらです。

工場《こうじょう》についたスノウとリリィは、書類業務《しょるいぎょうむ》で居残《いのこ》りをしていた工場長《こうじょうちょう》に許可《きょか》をもらうと、いそいで機械《きかい》の電源《でんげん》を入《い》れて、ベルトコンベアーを温《あたた》めました。材料《ざいりょう》をはかってミキサーに入《い》れるのが役目《やくめ》のダンさんのはかりをかりて、わらい声《ごえ》のかけらをきっちりとはかり、それをミキサーに投入《とうにゅう》します。大《おお》きなきゃたつは、スノウとリリィでとちゅう何度《なんど》もやすみながら立《た》てかけました。

「こんなおもたいきゃたつを毎日《まいにち》ひとりではこんでいるなんて、ダンさ

んてほんと、力《ちから》もちね。」

スノウはかんしんしきりです。つづけてスノウはクモの巣《す》の糸《いと》をリリィのバッグからとりだします。バッグの中《なか》でからまってしまっているのを見《み》て、リリィが、

「ちょっとまって。」

と、声《こえ》をかけました。リリィは、クモの糸《いと》をていねいに一本《ぽん》ずつひきだし、三本《ぼん》ずつより合《あ》わせていきます。

「こうしたほうが、もっとしっぽの長《なが》い、つよい風《かぜ》になるかもしれない。」

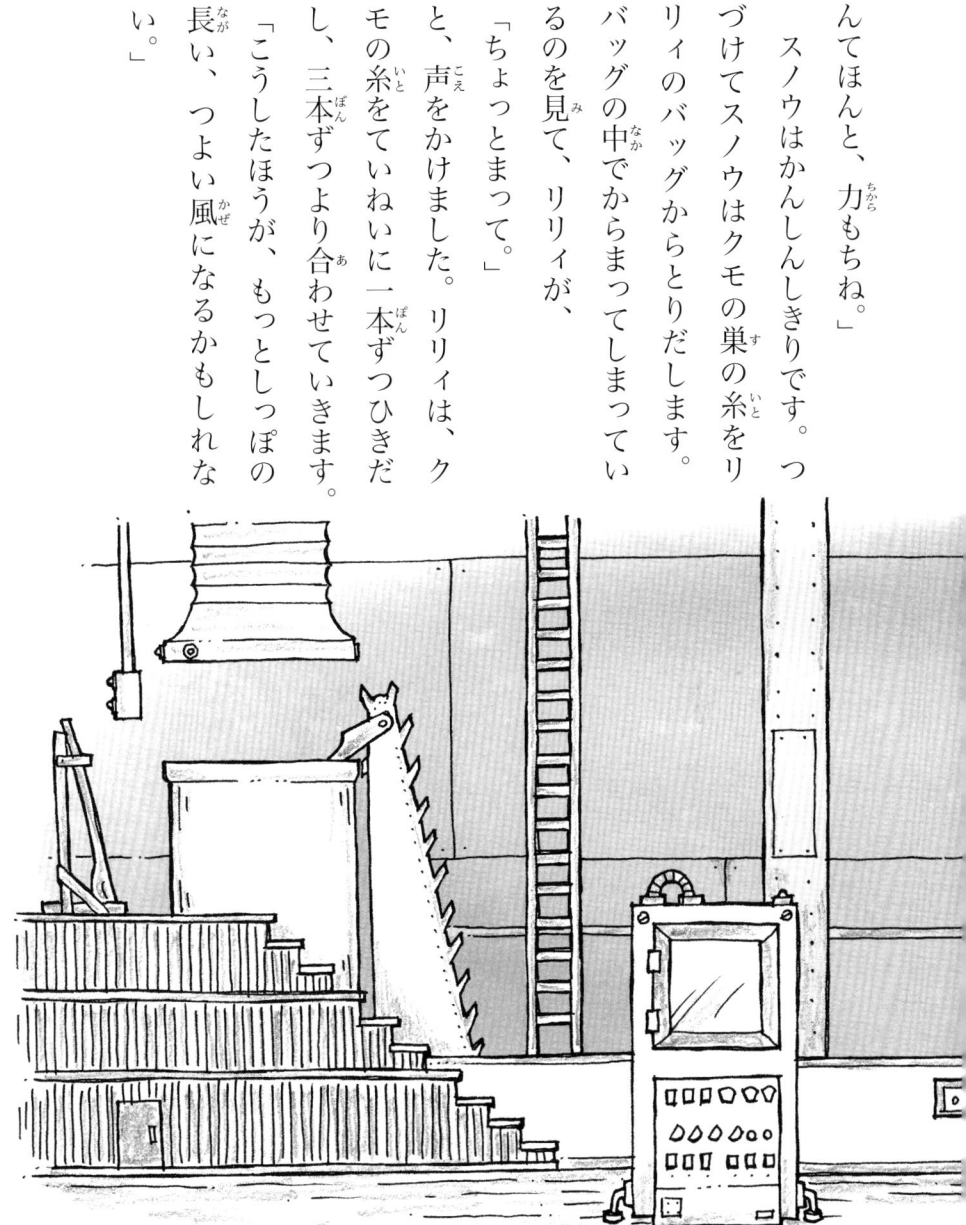

リリィは器用《きよう》に銀色《ぎんいろ》のクモの糸《いと》をよっていきました。

「材料《ざいりょう》にちょっと手《て》をかけてあげるのって、だいじだなって思《おも》うのよ。」

そういいながらリリィは、とちゅうでクモの糸《いと》がからまっているところを見《み》つけるとていねいにほぐし、プツッと切《き》れているところがあると、よりをつよめてそれをきれいにつなげていきました。

「いつも、こういうちょっとしたことがだいじだと思《おも》いながら、しごとしているの。そうそう、このあいだもむちゅうになって、こんなふうに手《て》を入《い》れていたら、期限《きげん》にまにあわなくなっちゃって。あのときはほんとうにごめんなさい。わたしがのんびりしているせいね。」

それを聞《き》いて、スノウは、

「いいのよ。」

と、ゆっくりと首《くび》をよこにふりました。

「いつもリリィが内職《ないしょく》でしてくれているしごと、とってもたいせつね。」

風《かぜ》つくりにはこういうことがだいじだったと、スノウはあらためて思《おも》ったのでした。

姉妹《しまい》のわらい声《ごえ》のかけらと、よりのつよいクモの糸《いと》、そして水《みず》とをミキサーにかけると、スノウは長《なが》いまつげをぱちっとさせていいました。

「そうだ、ゆりの花《はな》びらも入《い》れたらいいわ。かわかしたものが貯蔵庫《ちょぞうこ》にあったはず。リリィの香《かお》りがする風《かぜ》よ。」

それを聞《き》いて、リリィは長《なが》い毛《け》をはずかしそうに、ふわりふわりとゆらしました。

いつもなら作業棟《さぎょうとう》のねこたちみんなで、力《ちから》を合《あ》わせて風《かぜ》をつくります。けれども今夜《こんや》はスノウとリリィだけでつくらなければいけません。ベルトコンベアーの速度《そくど》はいちばんおそく。そうでないととても作業《さぎょう》が追《お》いつかないからです。リリィはベルトコンベアーのまわりを、あっちへとんだりこっちへとんだり、白《しろ》い毛《け》をふわふわゆらしてうごきまわります。

「色《いろ》はどう？」

「風《かぜ》のもとのやわらかさはどう？」

スノウの問《と》いかけに、リリィは、

「色《いろ》は銀色《ぎんいろ》よ。」

「やわらかさは、スノウさんに見《み》てもらったほうがいいかもしれない。」

と、答《こた》えます。ボタンのそうさはタイミングと正確《せいかく》さがだいじです。スノウは風《かぜ》のもとのやわらかさを確認《かくにん》しながらこね機《き》のハンドルをなめらかにうごかし、プレス機《き》のボタンを正確《せいかく》におします。大《おお》きなかきまぜ棒《ぼう》をつかってなべの中《なか》をかきまぜるのは、さすがにたいへん。でも、スノウとリリィで交代《こうたい》しながらがんばりました。

「もう腕《うで》がいたくてとてもだめだわ。」

何度目《なんどめ》かの交代《こうたい》でリリィが思《おも》わず音《ね》をあげたとき、心配《しんぱい》してかけつけた工場《こうじょう》長《ちょう》が、ひょいっとかきまぜ棒《ぼう》をとりあげて、残《のこ》りを仕上《しあ》げてくれました。

「工場長《こうじょうちょう》、ありがとうございます。」

スノウのことばに、

「もっと早《はや》くこられればよかったのだがね。」

そういいながら、工場長《こうじょうちょう》は、ぶいんぶいんと力《ちから》づよくなべの中《なか》をかきまぜます。

「よし、これでいいだろう。」

工場長《こうじょうちょう》が吸《す》いとり式《しき》プロペラパイプのスイッチをおしたとき、時計《とけい》の針《はり》はもう真夜中《まよなか》をとうにすぎていました。

「夜中《よなか》に、歩《ある》きなれない道《みち》を歩《ある》くのは危険《きけん》だわ。わたしがリリィの家《いえ》まで送《おく》っていってあげる。」

スノウのことばを聞《き》いたリリィは、ゆっくりと目《め》を閉《と》じて、ありがとう、といったのでした。

つぎの日《ひ》のピアノ発表会《はっぴょうかい》で、姉妹《しまい》は「小《ちい》さな花《はな》のワルツ」をとてもじょうずにひきました。おねえちゃんは妹《いもうと》のせいいっぱいのメロディに合《あ》わせて、プリンみたいななめらかなスラーで三拍子《さんびょうし》をひき、ピアノの先生《せんせい》をびっくりさせました。妹《いもうと》はおねえちゃんの音《おと》に負《ま》けないように、小《ちい》さな手《て》でいっしょうけんめいメロディをひき、お母《かあ》さんをおどろかせました。そして「小《ちい》さな花《はな》のワルツ」は、クモの糸《いと》でつくった銀色《ぎんいろ》の風《かぜ》にのって、お父《とう》さんのはたらくビルにとどけられました。

風《かぜ》つくり工場《こうじょう》のまるタンクのてっぺんからふいた風《かぜ》は、いつもよりもずっと細《ほそ》くてするするとしずかな風《かぜ》だったのに、長《なが》いしっぽの上《うえ》にピアノの音《おと》を順《じゅん》番《ばん》に整列《せいれつ》させて、ひとつもこぼすことなくお父《とう》さんのところへはこんだのです。

お父《とう》さんは、うっとりと花《はな》のワルツを聞《き》きました。姉妹《しまい》のわらい声《ごえ》のようなかろやかな音色《ねいろ》の。

「よし、いそいでしごとを終《お》わらせて家《いえ》に帰《かえ》るぞ。」

お父《とう》さんは姉妹《しまい》の笑顔《えがお》を思《おも》いうかべて、思《おも》わずにっこりしたのです。

さて、こちらは学会《がっかい》を三日後《かご》にひかえた風《かぜ》つくり工場《こうじょう》の研究室《けんきゅうしつ》。つくえの上《うえ》には、大《おお》きなガラスの水《すい》そうが用意《ようい》されています。水《すい》そうの天井《てんじょう》には灰色《はいいろ》のぶあつい雨雲《あまぐも》。その下《した》では、絹糸《きぬいと》のような雨《あめ》がさあとふっていました。トラ助《すけ》が水《すい》そうの天井《てんじょう》のすきまに細《ほそ》いストローを差《さ》しこんで、スノウがつくった「六月《がつ》の雨《あめ》の日《ひ》にふく風《かぜ》」をスポイトでふきこんでいきます。これは、銀色《ぎんいろ》のクモの糸《いと》を入《い》れて一《いち》からつくりなおした、さらに新《あたら》しい六月《がつ》の風《かぜ》です。クモの糸《いと》は、ピアノ発表会《はっぴょうかい》のよく日《じつ》に、スノウとリリィで一本《ぽん》一本《ぽん》よりをつよめて下《した》ごしらえしておきました。スノウがリリィの家《いえ》におじゃましたのは、それがはじめてのことでした。トラ助《すけ》のいうように、リリィの家《いえ》はふうわりとゆりの香《かお》りがしてここちよかったし、ピアノの上《うえ》からかたちをかえていく雲《くも》を見《み》るのもたのしいものでした。

「これはやさしいだけじゃない、力《ちから》のあるつよい風《かぜ》よ。」

水《すい》そうの中《なか》にその風《かぜ》をすうっと長《なが》くおしいれても、六月《がつ》の細《ほそ》い雨《あめ》はちっともよこになびきません。絹糸《きぬいと》のように細《ほそ》い雨《あめ》だというのに、ただただ雨《あめ》はしずかに落《お》ちていくだけ。けれども灰色《はいいろ》のぶあつい雨雲《あまぐも》は、じわりじわりと、水《すい》そう

のすみっこに追《お》いたてられていきます。やがて雨《あめ》もやみました。クモの糸《いと》のねばりづよさを利用《りよう》して、小《ちい》さくてもじわじわと力《ちから》を出《だ》しきる風《かぜ》をつくったのです。

「見《み》て、スノウ！　水《すい》そうの中《なか》ににじができているよ。」

小《ちい》さいけれど、七色《なないろ》そろったかんぺきなにじ。スノウとトラ助《すけ》は、このあとおなじ実験《じっけん》を五回《かい》くりかえしました。実験《じっけん》は毎回《まいかい》大成功《だいせいこう》。ですからスノウとトラ助《すけ》は、小《ちい》さなにじを五つも見《み》たのです。

「あとは論文《ろんぶん》にまとめるだけね。」

スノウはいま、リリィに感謝《かんしゃ》の気《き》もちで

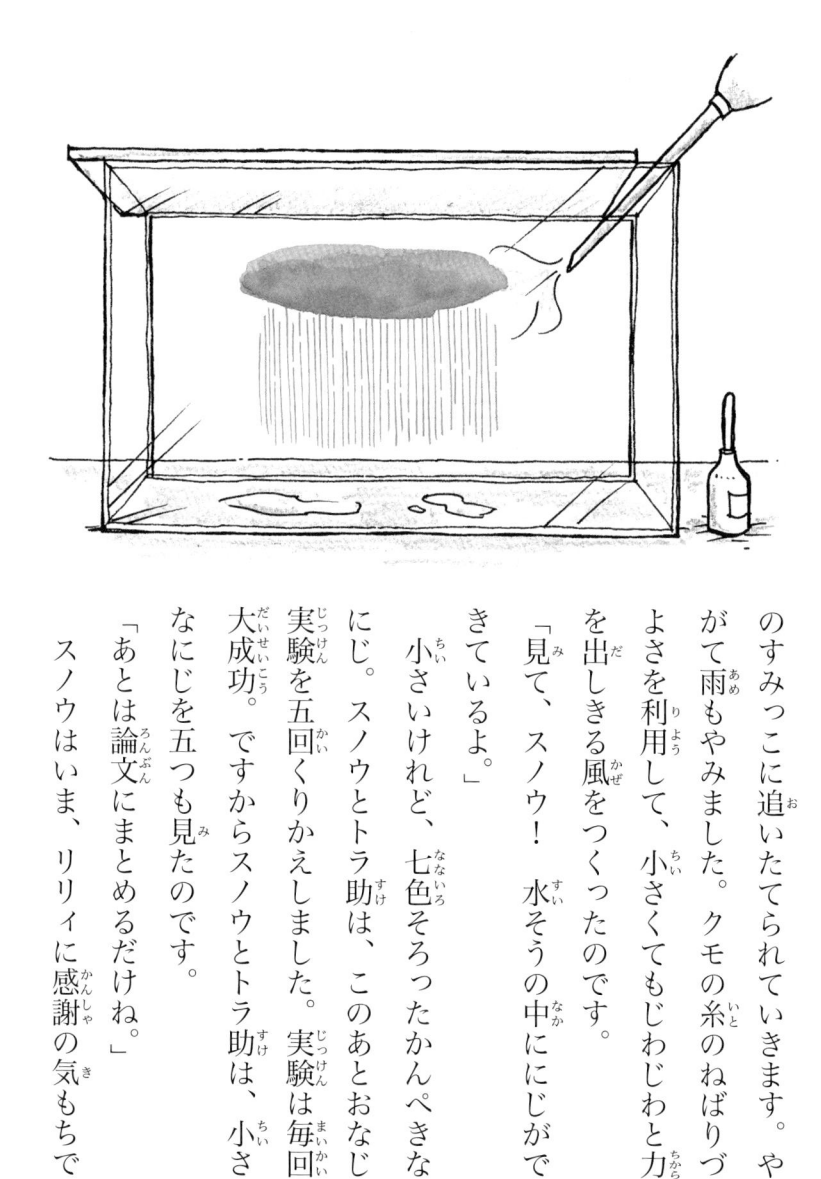

いっぱいです。リリィにヒントをもらわなかったら、学会《がっかい》ではちゅうとはんぱなことしか発表《はっぴょう》できなかったでしょう。スノウはちゅうとはんぱがきらいです。

「でも。」

と、スノウは思《おも》います。

「空《そら》をながめてのんびりするのも、たまにはいいわね。」

論文《ろんぶん》を書《か》く用意《ようい》をしながら、

「こんどリリィのところにあそびに行《い》ったら、どんな雲《くも》が見《み》られるかしら。」

と、鼻歌《はなうた》までうたっているスノウを見《み》て、なんだかトラ助《すけ》までたのしい気《き》もちになるのでした。

学会《がっかい》でスノウが発表《はっぴょう》した「雨《あめ》つづきでこまったときにふかせる小《ちい》さな風《かぜ》」は、その後《ご》、六月《がつ》の定番《ていばん》の風《かぜ》として、何度《なんど》も工場《こうじょう》でつくることになりました。長雨《ながあめ》をふらせる雨雲《あまぐも》が空《そら》をおおう日《ひ》が何日《なんにち》もつづくと、工場《こうじょう》ではこの風《かぜ》をつくります。

研究室《けんきゅうしつ》のまどから大《おお》きなにじが出《で》ているのを見《み》るたびに、スノウは、このにじ、リリィもピアノの上《うえ》から見《み》ているかな、と思《おも》うのです。

風《かぜ》の注文《ちゅうもん》お受《う》けします

ある日《ひ》の朝《あさ》のことです。

「きょうは注文《ちゅうもん》が一通《つう》ね。」

風《かぜ》の注文受付係《ちゅうもんうけつけがかり》が、新聞《しんぶん》や工場《こうじょう》長《ちょう》あての手紙《てがみ》の中《なか》から、一通《つう》の手紙《がみ》をひきぬきました。手紙《てがみ》の表《おもて》には、「風《かぜ》の注文書《ちゅうもんしょ》　在中《ざいちゅう》」というハンコがおされています。この手《て》紙《がみ》の中《なか》には風《かぜ》の注文書《ちゅうもんしょ》が入《はい》っていますよ、という意味《いみ》です。

犬《いぬ》のハックが風《かぜ》のかきまぜ技術《ぎじゅつ》師《し》の資格《しかく》をとったのは、すこし前《まえ》の春《はる》のこと。おかげで工場《こうじょう》は、風《かぜ》の注文《ちゅうもん》を受《う》け付《つ》けることができるようになりました。

まずつくられたのは注文受付係《ちゅうもんうけつけがかり》という新《あたら》しいしごと。注文《ちゅうもん》の電話《でんわ》に出《で》るのはもちろん、毎朝《まいあさ》ゆうびん受《う》けをチェックして、注文《ちゅうもん》の手紙《てがみ》がきていないか確認《かくにん》するしごとです。

係《かかり》は、ブラリがすいせんしたねこたちのなかから、工場長《こうじょうちょう》が面接《めんせつ》をして決《き》めました。朝《あさ》いちばんに出勤《しゅっきん》できるもの、読《よ》み書《か》きがとくいなもの、そしてていねいな電話応対《でんわおうたい》ができるもの。えらばれたのはそういうねこたち。どのねこも新米《しんまい》ですが、注文受付用《ちゅうもんうけつけよう》の電話《でんわ》はまだめったに鳴《な》りませんし、注文《ちゅうもん》の手紙《てがみ》がとどくのもときどきですから、いまはゆっくりとしごとになれていっています。

受付係《うけつけがかり》のねこがきまったとき、

「ああ、ぼくだって注文受付係《ちゅうもんうけつけがかり》、やりたかったたな。」

ノロロはざんねんそうにいいました。もちろんわらい声《ごえ》のかけらひろいのしごともたのしいのですが、新《あたら》しいしごともやってみたかったのです。でもブラリはいいました。

「ノロロはあいかわらずちこくばかりしているし、読《よ》めない字《じ》だってたくさんあるだろう。もっと勉強《べんきょう》してからじゃなくっちゃ。」

「読《よ》めない字《じ》なんてないやい。」

町《まち》の中《なか》を歩《ある》いていたって、ノロロにも読《よ》める字《じ》ばかりです。「きれい、はやい、クリーニングはタカダまで」とか、「そばのおとどけ　いつでもどうぞ」など、まるい字《じ》もかくかくした字《じ》も、ノロロは読《よ》めるようになっています。でも、ブラリはだめだめ、といって、すいせんさえしてくれませんでした。

「ぼくだってできるのにな。」

ノロロははがゆい気《き》もちです。

さて、きょう入《はい》っていた注文《ちゅうもん》の手紙《てがみ》は、かざりけのないまっ白《しろ》な事務《じむ》ふうとう。手紙《てがみ》にはあいさつ文《ぶん》もそうそうに、こう書《か》いてありました。

日《ひ》ごろよりお世話《せわ》になっております。左記《さき》の件《けん》よろしくおねがいいたします。

●注文内容《ちゅうもんないよう》　くるくるまわるスピン風《かぜ》
●注文《ちゅうもん》サイズ　手《て》のひらサイズのふくろにひとつ
●受《う》けとり日時《にちじ》　風《かぜ》ができ次第《しだい》すぐに
●受《う》けとり方法《ほうほう》　東森入《ひがしもりい》り口《ぐち》　トラ助《すけ》どのにもってきていただく方法《ほうほう》で。

右記《うき》の件《けん》、どうぞよろしくおねがいいたします。

黒《くろ》アゲハひらり

かりかりとした黒《くろ》いインクの文字《もじ》で書《か》かれていました。

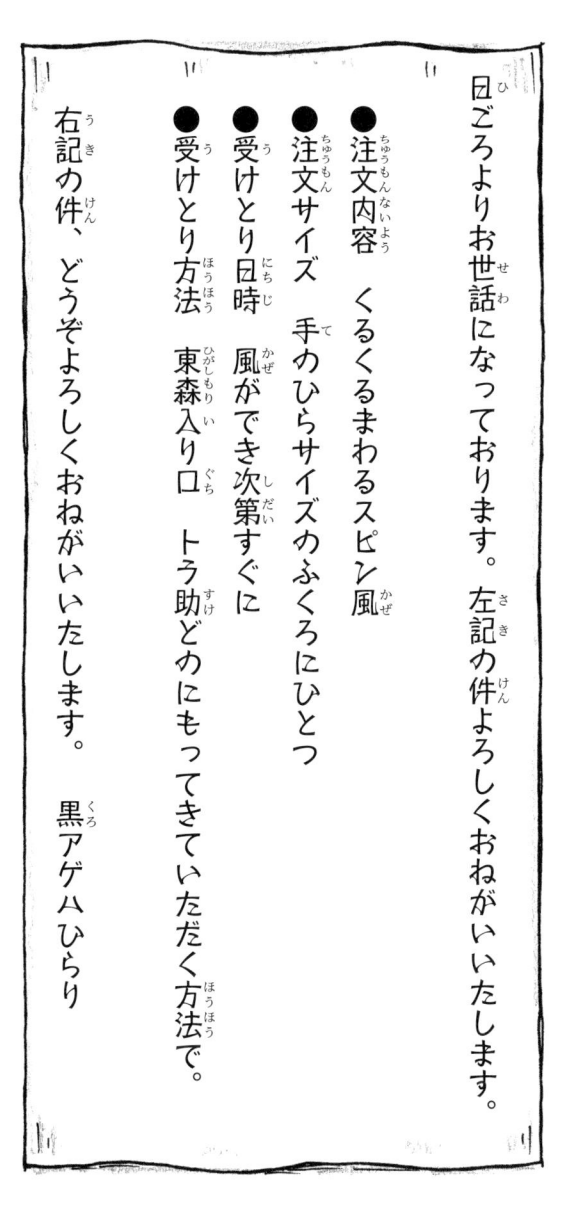

中《なか》をたしかめた注文受付係《ちゅうもんうけつけがかり》のねこは、「黒《くろ》アゲハひらり」なんて知《し》らないなあと首《くび》をかしげます。けれどもくるくるまわるスピン風《かぜ》は、よく注文《ちゅうもん》の入《はい》る風《かぜ》です。ちょうちょたちはスピン風《かぜ》をバレエの練習《れんしゅう》につかうのです。ねこたちにしてみたら鼻先《はなさき》でひらひらされてじゃまでしかありませんが、ちょうちょたちはいたってまじめ。みんな練習熱心《れんしゅうねっしん》です。そこで注文受付係《ちゅうもんうけつけがかり》のねこは、黒《くろ》アゲハからスピン風《かぜ》の注文《ちゅうもん》がきたと、工場長《こうじょうちょう》に伝《つた》えました。工場長《こうじょうちょう》の許可《きょか》がおりると、受付係《うけつけがかり》はすぐに作業棟《さぎょうとう》に風《かぜ》を発注《はっちゅう》します。ダンさんは発注書《はっちゅうしょ》を見《み》て、

「ひとふくろでいいんだな？　こりゃあすぐできちゃうよ。」

と、ぐいっと腕《うで》まくりをしたのでした。

ウインウインウインと音《おと》を立《た》てて、ベルトコンベアーではこばれた風《かぜ》のもとが、つぎつぎになべの中《なか》へ入《はい》ってきます。そのようすをしんちょうにかんさつしながら、ハックは長《なが》いかきまぜ棒《ぼう》をつかってかきまぜます。くるくるまわるスピン

風《かぜ》ですから、なべの中《なか》もすいすいかろやか。
やがてなべから白《しろ》いゆげがあがってきます。
これが風《かぜ》です。風《かぜ》はバレリーナのように
くるくるとおどりながら、なべの上《うえ》の
パイプへ吸《す》いこまれていきました。

ブラリはできあがったスピン風《かぜ》がまる
タンクへは行《い》かないよう、パイプの弁《べん》をうごかします。そうして手《て》もとの標本《ひょうほん》
びんの中《なか》だけにスピン風《かぜ》をとりこむのです。びんの中《なか》でくるくるるっと回転《かいてん》
している風《かぜ》を、ざっとふくろの中《なか》にとじこめ
て、ぎゅっと口《くち》を閉《と》じれば、注文《ちゅうもん》の風《かぜ》のでき
あがり。黒《くろ》アゲハひらりさんの手紙《てがみ》によると、
できた風《かぜ》はトラ助《すけ》にもってきてほしいとのこ
とでした。知《し》り合《あ》いかなにかでしょうか。

「わかった。それならぼく、行《い》ってくるよ。」

そういって、トラ助《すけ》が工場《こうじょう》を出《で》て行《い》ったのが三日前《かまえ》です。そのあと、

「用事《ようじ》ガデキタ、シバラク休《やす》ム」という
そっけない電報《でんぽう》が、トラ助《すけ》から工場《こうじょう》にとどきました。

「黒《くろ》アゲハが、トラ助《すけ》からたのまれたといって、これを置《お》いていったのですが。」

たまたま工場《こうじょう》の門《もん》の前《まえ》にいたねこが、黒《くろ》アゲハにたのまれた電報《でんぽう》を工場長《こうじょうちょう》にわたしたのです。社員《しゃいん》から電報《でんぽう》で休《やす》みの連絡《れんらく》が入《はい》るなんて、めったにありません。工場長《こうじょうちょう》はトラ助《すけ》の家《いえ》へようすを見《み》に行《い》きました。トラ助《すけ》はきのうもその前《まえ》も、一度《いちど》も家《いえ》に帰《かえ》ってきていないようでした。

「まったく、トラ助《すけ》ったらなにをしているのかしら。もう三日《か》よ。」

　スノウがやきもきしていたときです。ナツが全速力《ぜんそくりょく》で、研究棟《けんきゅうとう》の三階《かい》までかけあがってきました。

「たいへんたいへん！」

ナツは前足《まえあし》をキキキキーッとななめにして、スノウの前《まえ》でブレーキをかけ、いったのです。

「スノウ、たいへん！　さっきいままでの注文書《ちゅうもんしょ》をみやびさんのところにとどけに行《い》ってきたんだけど、みやびさんがこの注文書《ちゅうもんしょ》の文字《もじ》を見《み》て、これは東森《ひがしもり》のカラスの字《じ》じゃないかしらって。」

「なんですって！」

みやびはトラ助《すけ》のおねえさん。工場《こうじょう》の日誌《にっし》や工場長《こうじょうちょう》のメモをトラねこ文字《もじ》に書《か》き直《なお》すしごとをしています。このごろは風《かぜ》の注文書《ちゅうもんしょ》の記録《きろく》もくわわりました。いつもはトラ助《すけ》が書類《しょるい》をとどけに行《い》きますが、トラ助《すけ》が休《やす》んでいるので、けさ、ナツが工場長《こうじょうちょう》にたのまれて、みやびのところへ行《い》ったのです。みやびは白《しろ》いふうとうの中《なか》に入《はい》ったびんせんをひろげたとたん、

「まあこれ、東森《ひがしもり》のカラスの字《じ》じゃないかしら。」

そういって、びんせんに書《か》かれた文字《もじ》をまじまじとみつめました。ふうとうの表《おもて》には注文書在中《ちゅうもんしょざいちゅう》のハンコしかおされていませんでしたが、びんせんには、かりかりとした黒《くろ》いインクの文字《もじ》が書《か》かれています。みやびは以前《いぜん》、東森《ひがしもり》のカラスからきた手紙《てがみ》を見《み》たことがありました。工場長《こうじょうちょう》の書《か》く日誌《にっし》を清書《せいしょ》しようとしたときに、日誌《にっし》の裏表紙《うらびょうし》にはりつけてあったのです。

「トラ助《すけ》はこの風《かぜ》をとどけに行《い》ったまま、三日《か》も帰《かえ》ってきてないの。」

「なんですって。たいへん。いそいで工場長《こうじょうちょう》に伝《つた》えて。」

みやびはまっさおになりました。ナツは走《はし》って工場《こうじょう》に帰《かえ》り、工場長《こうじょうちょう》をさがします。でもこんなときにかぎって工場長《こうじょうちょう》が見《み》つかりません。それで研究棟《けんきゅうとう》のスノウのところまで一気《いっき》にかけあがってきたのです。

「工場長《こうじょうちょう》はさっきでかけてしまったの。何時《なんじ》に帰《かえ》ってくるか聞《き》いておかなかったわ。たいへん。トラ助《すけ》はカラスにつかまってしまったのかもしれない。」

東森《ひがしもり》のカラスたちは、きっと小《ちい》さなふくろのスピン風《かぜ》なんてどうでもよかったのです。カラスたちが知《し》りたいのは、つよい風《かぜ》のつくりかた。つよい風《かぜ》を武《ぶ》器《き》にして西《にし》の森《もり》のカラスとたたかえば、西《にし》の森《もり》のサワグルミの実《み》や山《やま》ぶどうを手《て》に入《い》れることができるからです。カラスはずるがしこくて、あの手《て》この手《て》で工場《こうじょう》のひみつをぬすもうとします。以前《いぜん》には黒《くろ》ねこのふりをして、工場《こうじょう》に堂々《どうどう》と入《はい》ってきたこともありました。スノウとナツはいそいで食堂《しょくどう》に向《む》かいます。ブラリやペロリ料理長《りょうりちょう》に相談《そうだん》しようと思《おも》ったのです。

食堂《しょくどう》にはブラリとノロロ、それにハックもいました。ちょうどおひるどきだったようで、シーフードカレーのいいにおい。

「やあスノウ、きょうのカレーもおいしいよ。」

ブラリがのんきにスノウに向《む》かって手《て》をあげました。でも、スノウの顔《かお》を見《み》てすぐにその手《て》をひっこめます。

「どうしたの。なにかあった？」

スノウが順《じゅん》を追《お》って話《はな》しはじめました。ようすを察《さっ》して、おくからペロリさんも出《で》てきます。話《はなし》を聞《き》きおわったとき、だれもがふあんでいっぱいでした。工場長《こうじょうちょう》もいないのに、これからどうしたらいいのでしょう。

「トラ助《すけ》をたすけなくっちゃ。」

スノウがいいます。

「もう三日《か》よ。だいじょうぶかしら。」

ふあんでいっぱいですが、やるべきことはわかっています。ねこたちは頭《あたま》をよせあって、ああでもないこうでもない、それはあぶないわ、でもそれしかないよ、と、トラ助《すけ》を助《たす》け出《だ》す計画《けいかく》を考《かんが》えました。

スノウがノートにびっしりと文字《もじ》や図《ず》を書《か》きこみます。すべてのページを書《か》きおえると、ナツがすぐ、

「じゃあわたし、いそいでみやびさんのところにいってくる。」

と、ノートをもってはりきって工場《こうじょう》をでていきました。ペロリさんはノロロに

何度《なんど》もこまかく説明《せつめい》します。

「うん、わかった。」

「だいじょうぶ。まちがえないようにする。」

ノロロはいつになくしんけんな顔《かお》つき。やがてナッツがばたばたと帰《かえ》ってきたのを見《み》とどけると、ノロロは、

「じゃあぼく、いってくるね。」

そういって、ちょこんといすから立《た》ちあがりました。

「ノロロ、だいじょうぶだからな。落《お》ちついてやるんだぜ。」

ブラリがいいます。スノウは口《くち》も

とに手《て》をあてて、いまにも泣《な》きだしそうな顔《かお》。ハックがノロロのしっぽにカラスの黒《くろ》い羽《はね》を一まいつけます。とちゅうで羽《はね》が落《お》ちてしまわないように、ひもをつかってしっかりとくくりつけました。

黒《くろ》ねこに化《ば》けた東森《ひがしもり》のカラスのふりをして、ノロロがひとりで東森《ひがしもり》にもぐりこむのです。さあ、みんなで考《かんが》えたトラ助救出大作戦《すけきゅうしゅつだいさくせん》のはじまりです。

東《ひがし》の森《もり》はせいたかのっぽのスギの木《き》が、ざわざわとゆれるぶきみな森《もり》。ノロはくらい森《もり》の中《なか》に、かさり、と足《あし》をふみいれました。そのときです。どこからか、ひらりと黒《くろ》アゲハがやってきました。

「おい。おまえはなんだ。」

ちょうちょのくせにしわがれた大《おお》きな声《こえ》。ノロロはびくっとしました。カラスたちは門番《もんばん》に黒《くろ》アゲハをやとっているのでしょうか。こんな入《い》り口《ぐち》で正体《しょうたい》がばれてしまってはたいへんです。ノロロは平気《へいき》なふりをして答《こた》えます。

「ぼく、ぼくは東森《ひがしもり》のカラスじゃないか。黒《くろ》ねこに化《ば》けて、風《かぜ》つくり工場《こうじょう》に行《い》ってきたんじゃないか。」

平気《へいき》なふりをしたつもりでしたが、声《こえ》がうらがえってしまいました。でも、ふだんのノロロの声《こえ》を知《し》らない黒《くろ》アゲハは、この声《こえ》を聞《き》いて、こりゃあ子《こ》どものカラスだな、と思《おも》ったのです。からだも小《ちい》さく声《こえ》も高《たか》い。そのうえ化《ば》けるのもじょうずじゃないみたいです。よく見《み》ると、しっぽの先《さき》にカラスの羽《はね》が残《のこ》っています。それで黒《くろ》アゲハはたしかめました。

「黒《くろ》ねこに化《ば》けるというのはうちの黒太郎《くろたろう》のアイデアだな？」

ノロロはこんどこそ声《こえ》がうらがえらないように気《き》をつけながら、

「もちろんそうだ。」

といいかえします。ここにくる前《まえ》、ノロロはペロリ料理長《りょうりちょう》から、

「東森《ひがしもり》には、東森黒太郎《ひがしもりくろたろう》という、東森《ひがしもり》をおさめるボスがいるか

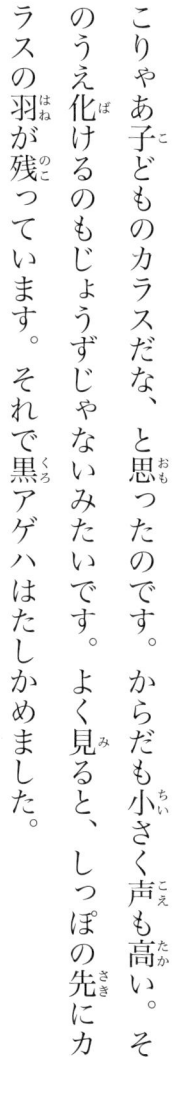

らね。」

と聞《き》かされました。どうやらそれはまちがいないようです。

「ぼくはけさ、黒《くろ》ねこに化《ば》けて風《かぜ》つくり工場《こうじょう》にしのびこんでこい、っていわれて行《い》ってきたんだ。」

小《ちい》さな黒《くろ》ねこの説明《せつめい》を聞《き》いて、黒《くろ》アゲハは、いかにも黒太郎《くろたろう》が考《かんが》えそうな作《さく》戦《せん》だ、と思《おも》いました。トラ助《すけ》が東森《ひがしもり》にきて三日《か》。東森《ひがしもり》のボス・黒太郎《くろたろう》は、ここのところいらいらしていたのです。トラ助《すけ》がにせものの注文書《ちゅうもんしょ》にだまされて、風《かぜ》を森《もり》にとどけにきたところまでは、黒太郎《くろたろう》は上機嫌《じょうきげん》でした。ちっこいスピン風《かぜ》を羽《はね》にのせ、

「こりゃあ水浴《みずあ》びでぬれた羽《はね》もすぐにかわいて気《き》もちいいわい。ごくろう、ごくろう。」

と、目《め》を細《ほそ》めていましたっけ。けれど三日《か》たっても、うばったノートは解読《かいどく》できないし、トラ助《すけ》もちっともいうことを聞《き》きません。

「ええい。どいつもこいつもばかにしやがって。」

けさ、黒太郎《くろたろう》はかちかちと神経質《しんけいしつ》にくちばしを鳴《な》らしていいました。これ以《い》上八《じょうや》つ当《あ》たりされたらたまりません。

「では、わたしは門番《もんばん》のしごとにいってまいります。」

黒《くろ》アゲハはそういって、いそいで森《もり》の入《い》り口《ぐち》にもどったのでした。もしかしたらあのあとに、いらいらのおさまらない黒太郎《くろたろう》が、子《こ》ガラスをつかった新《あたら》しい作戦《さくせん》を思《おも》いついたのかもしれません。

「それで、風《かぜ》つくり工場《こうじょう》からなにかいい情報《じょうほう》をもちかえったのか。」

黒《くろ》アゲハのことばに、ノロロは小《ちい》さなノートをひらいて見《み》せます。さっきスノウからわたされたノートです。

「これはつよい風《かぜ》のつくりかたが書《か》かれたノートだ。いま風《かぜ》つくり工場《こうじょう》からぬすんできたんだぞ。」

ひらかれたノートのページには、びっしりときれいな文字《もじ》。いまいましいあのトラねこ文字《もじ》ではないようです。ビーカーやフラスコの絵《え》もかかれていて、グラムだのミリリットルだのという記号《きごう》も見《み》えます。これはたいしたものをもってきたぞ、と黒《くろ》アゲハは思《おも》いました。いそいで黒太郎《くろたろう》に報告《ほうこく》させなければ。それで黒《くろ》アゲハは、ひらり、ひらり、と大《おお》きく羽《はね》をばたつかせました。五回《かい》ほど上下《じょうげ》にうごかしたときです。ボン、という風《かぜ》がたち、黒《くろ》アゲハは一瞬《いっしゅん》でカラスになりました。

「さあぼうず。ぼうずもカラスにもどっていそいでとんでいくんだ。黒太郎《くろたろう》もさぞかしおまちかねだろう。」

からだの大《おお》きなカラスです。黒々《くろぐろ》とした長《なが》いくちばしにぴかぴかとつやびかりする黒《くろ》い羽《はね》。こんなにかんたんに化《ば》けたりもどったりできるなんて、カラスってなんておそろしいんでしょう。ノロロがぼおっとしていると、門番《もんばん》のカラスはおやおや、とわらっていいました。

「そうかそうか、ぼうずはこんなふうにみごとにはできないか。ぼうずのしっぽの先《さき》、黒《くろ》い羽《はね》が残《のこ》っているものなあ。そんなことでよくもまあ風《かぜ》つくり工場《こうじょう》にもぐりこめたものだ。まあいい。こんなところで時間《じかん》がかかっちゃいけない。だったらそのままでいいから早《はや》く行《い》くんだ。」

しわがれ声《ごえ》のカラスのいきおいにおされて、ノロロの足《あし》はすくんでいます。でも、計画《けいかく》はなんとかじゅんちょう。ノロロは森《もり》のおくにすすみます。

小《ちい》さいころから、ノロロはブラリに町《まち》のことをいろいろおしえてもらいました。売《う》れ残《のこ》りのしんせんな魚《さかな》をわけてくれる魚屋《さかなや》、おいしいミルクをくれる家《いえ》、夏《なつ》の炎天下《えんてんか》でも風《かぜ》が通《とお》りぬける路地裏《ろじうら》。どれもノロロがのらねことして生《い》きていくのにたいせつな情報《じょうほう》です。そして東森《ひがしもり》のことを、ブラリは「ぜったいに入《はい》ってはいけない森《もり》」だとおしえてくれました。東森《ひがしもり》にはカラスの群《む》れがくらしていて、うっかり子《こ》ねこが入《はい》ったりしたら、目《め》だのやわらかいおなかだのをねらわれて、大《おお》けがをすることになる、そうブラリはおしえてくれたのです。

その東森《ひがしもり》に、いまはひとりでもぐりこんでいるのでした。ノロロののどはからから。きんちょうで足《あし》もふわふわしています。

「風《かぜ》つくり工場《こうじょう》に行《い》ってきた子《こ》ガラスが、もどってきたぞ〜。」

門番《もんばん》が大《おお》きな声《こえ》でよびかけると、スギの木《き》の上《うえ》のほうで、カラスたちが羽《はね》をバサリバサリとひろげたりたたんだりするのが聞《き》こえてきました。いったい森《もり》には何羽《なんば》のカラスたちがいるのでしょう。ノロロはトラ助《すけ》のことを考《かんが》えました。トラ助《すけ》はこの森《もり》のどこかにいるはずです。トラ助《すけ》をたすけださなくちゃ。ノロロはときおりきょろきょろしながらすすんでいき、やがて道《みち》

が三つにわかれているところまでやってきました。足《あし》をとめて、どの道《みち》を行《い》こうか考《かんが》えたときです。スギの木《き》の上《うえ》から、何羽《なんば》ものカラスがバサバサバサッとおりてきました。門番《もんばん》はああいっていたけれど、どうもこの子《こ》ガラスはあやしいのです。ねこのすがたをしているうえに、さっきからみょうにきょろきょろとしています。

「やい。立《た》ちどまってなにをしている。」

カラスはノロロに向《む》かって長《なが》いくちばしを向《む》けました。シャキンと音《おと》を立《た》てる布切《ぬのき》りばさみみたいなくちばしです。

「な、なにって、こうやって黒《くろ》ねこのかっこうをして、風《かぜ》つくり工場《こうじょう》にしのびこんできたんじゃないか。見《み》てくれよ。けさいわれた計画《けいかく》どおり、ぼくは、つよい風《かぜ》のつくりかたが書《か》かれたひみつのノートをぬすんできたんだぞ。」

ノロロはうらがえった声《こえ》のまま、もう一度説明《いちどせつめい》しました。それを聞《き》いたカラスたち、きょときょとした顔《かお》をして、おや、そんな計画《けいかく》は初耳《はつみみ》だぞ、と思《おも》います。こんな小《ちい》さな子《こ》ガラスに伝《つた》えているのに、黒太郎《くろたろう》はなぜ自分《じぶん》たちにおしえてくれなかったのでしょう。報告《ほうこく》はだいじといつもいっているのに。けれどその計画《けいかく》どおり、この小《ちい》さな黒《くろ》ねこは、ひみつのノートをとってきたといっています。なんでもつよい風《かぜ》のつくりかたが書《か》いてあるとか。

「ふん。それならそんなところに立《た》ちどまっていないで、早《はや》くボスのところに行《い》ったらどうなんだ。」

そういってカラスたちは、いっせいに三つある道《みち》のいちばん右側《みぎがわ》の道《みち》をふりかえりました。くちばしでその道《みち》のおくをさし、

「早《はや》くするんだ」

と、ノロロをせかすカラスもいます。どうやら東森黒太郎《ひがしもりくろたろう》は、右《みぎ》の道《みち》を行《い》った先《さき》にいるようです。ノロロはその道《みち》をすすみます。スギの木《き》の上《うえ》で、カラスたちがノロロのことを見《み》ています。ノロロはさらにきんちょうしてきて、四本《ほん》の足《あし》をうまくうごかすことができません。ぎくしゃくとロボットみたいなおかしなうごき。

「なんだその歩《ある》きかたは。そんな歩《ある》きかたをしていると、カラスがねこに化《ば》けているのがばれちまうぞ。まったく、風《かぜ》つくり工場《こうじょう》でもそんな歩《ある》きかたをしてきたのか。」

カラスたちは、それぞれのスギの木《き》の上《うえ》でやんややんやとわめきます。ノロはいのるような気《き》もちです。やがて目《め》の前《まえ》に、いっそう大《おお》きなスギの木《き》が、一本《ぽん》どんとあらわれました。そこだけぽっかりと黄色《きいろ》く日《ひ》があたっています。地面《じめん》ちかくには大《おお》きなうろ。まるでほらあなみたいです。うろの前《まえ》のかれ葉《は》はきれいにはきよせられてあり、ちょっとした広場《ひろば》のようになっています。ノロロのむねはキインと高《たか》なって、どくどくとものすごい速《はや》さで鳴《な》りだしました。

ここが東森《ひがしもり》のボス、東森黒太郎《ひがしもりくろたろう》のねぐらにちがいありません。

黒太郎《くろたろう》は、そのスギの木《き》の上《うえ》にとまって、まったくあのトラねこ文字《もじ》というやつは、と、まだいらいらをひきずっていました。せっかくつかまえたトラ助《すけ》も、つよい風《かぜ》のつくりかたをかんたんにはおしえてくれそうにありません。またなにか新《あたら》しい作戦《さくせん》を考《かんが》えなくては、と、黒太郎《くろたろう》は足《あし》のつめをとがらせて、頭《あたま》のうしろをかりかりとひっかきます。そこへ、

「ボス、風《かぜ》つくり工場《こうじょう》にいっていた子《こ》ガラスがもどってきました。」

という声《こえ》が聞《き》こえてきました。見《み》るとその先《さき》に小《ちい》さな黒《くろ》ねこ。見《み》なれないねこです。黒太郎《くろたろう》は地面《じめん》におりて首《くび》をのばします。

「その黒《くろ》ねこはなんだ？」

黒太郎《くろたろう》がそういったのを聞《き》いて、カラスたちはおや？　と思《おも》いました。

おや？　これは黒太郎《くろたろう》が出《だ》した指示《しじ》ではなかったのかと。

あたりがざわりとしたのを感《かん》じ、ノロロはいそいでいいました。

「おかしいですね。これはボスの計画《けいかく》だったではありませんか。ぼくが黒《くろ》ねこに化《ば》けて、あのにくたらしい風《かぜ》つくり工場《こうじょう》にもぐりこみ、つよい風《かぜ》のつくりかたが書《か》かれているひみつのノートをもってくるという計画《けいかく》ですよ。」

何度《なんど》もペロリさんと練習《れんしゅう》したセリフです。ノロロはすこし落《お》ちついてきて、もっていたノートをひろげます。

「これがぬすんできたひみつのノートです。ボスともあろうりっぱなおかたが、朝《あさ》のお話《はなし》をおわすれですか？」

ペロリさんはいっていました。

「いいか、ノロロ。『ボスともあろうりっぱなおかたが』、というところを、ひときわ大《おお》きくいうんだぞ。」

そこがコツだから、と、何度《なんど》もいわれて練習《れんしゅう》したのです。ノロロは練習《れんしゅう》の通《とお》りに堂々《どうどう》とした口《くち》ぶりでいいました。それを聞《き》いた黒太郎《くろたろう》は、まゆをひそめてけげんな顔《かお》。黒太郎《くろたろう》は、そんな指示《しじ》を出《だ》したかな、と目《め》を細《ほそ》めて考《かんが》えます。けれどその場《ば》にいたカラスたちが、

「ボス、それはすばらしい計画《けいかく》ですな。」

「なかなか考《かんが》えつかない計画《けいかく》だ。さすが東森黒太郎《ひがしもりくろたろう》。」

などと、つぎつぎいうのを聞《き》いているうちに、だんだん気分《きぶん》がよくなってきました。だいいちこの黒《くろ》ねこは、じっさいにひみつのノートを風《かぜ》つくり工場《こうじょう》からもってきたといっています。それで、ふむ、と、大《おお》きくうなずきました。

「いかにも。いかにもそうであった。それで、ひみつのノートというのはそれかね。」

ノロロはいそいでノートを見《み》せました。フラスコがアルコールランプで温《あたた》められている図《ず》や、森《もり》の上《うえ》を大《おお》きな風《かぜ》がつよくふいているイラストも見《み》せます。

「研究室《けんきゅうしつ》にしのびこんでとってきたのです。トラねこ文字《もじ》ではありません。すらすら読《よ》めます。見《み》てください。ここにつよい風《かぜ》のつくりかた、と書《か》いてあります。そうそう、このノートが本物《ほんもの》かどうかは、トラ助《すけ》に確認《かくにん》してもらうのがよいと思《おも》いますが。」

ノロロのことばに、黒太郎《くろたろう》は、おお、そのとおりだ、とうなずいて、

「おい、すぐにここへトラ助《すけ》をよんできてくれ。」

といったのでした。

両《りょう》わきからカラスにつままれて、ノロロの前《まえ》につれてこられたトラ助《すけ》は、ノロロを見《み》てびっくりした顔《かお》をしました。

「ノロロなの？」

でも、ノロロは首《くび》をふりました。ほんとうはトラ助《すけ》のぶじがわかってとびつきたかったけれど、ノロロはぐっとこらえていったのです。

「ぼくはノロロなんていうねこは知《し》らない。ぼくは黒《くろ》ねこに化《ば》けた東森《ひがしもり》のカラスだ。」

トラ助《すけ》は目《め》をぱちぱちします。目《め》の前《まえ》にいるのはどう見《み》てもノロロです。けれどよく見《み》てみると、しっぽの先《さき》に黒《くろ》い羽《はね》。あぶないあぶない。トラ助《すけ》はふうっと小《ちい》さく息《いき》をはきました。あやうくノロロとかんちがいして、気《き》をゆるしてしまうところでした。あいてはまだからだの小《ちい》さな子《こ》ガラスのようです。黒《くろ》い羽《はね》が残《のこ》ってしまっているのを見《み》ると、まだうまく化《ば》けられないのかもしれません。ねこに化《ば》けるなんて、いったいなにを考《かんが》えているのやら。……とたんに顔《かお》がきんちょうしてきたトラ助《すけ》に、ノロロは小《ちい》さなノートをひろげて見《み》せます。

「トラ助《すけ》、これはぼくが風《かぜ》つくり工場《こうじょう》にもぐりこんでぬすんできたノートだ。つよい風《かぜ》のつくりかたが書《か》いてあるようなのだが、本物《ほんもの》かどうか確認《かくにん》してみろ。」

トラ助《すけ》は、カラスに協力《きょうりょく》なんてするものかと思《おも》いながら、黒《くろ》ねこにわたされたノートを目《め》のはじっこでちらりと見《み》ます。目《め》にとびこんできたのは見《み》おぼえのあるスノウの字《じ》です。それだけでほっとして涙《なみだ》が出《で》そう。トラ助《すけ》はそれをぐっとこらえます。それにしてもこのノートはなんでしょうか。いろいろなことが書《か》かれているようです。つよい風《かぜ》のつくりかた、という文字《もじ》もあります。けれどももっとよく見《み》てみると、わらい声《ごえ》のかけらのかたちだの、フラスコの洗《あら》いかたについてだのが、みょうにまわりくどく書《か》いてあるだけにも感《かん》じます。ど

ういうことでしょう。どんどんページをめくるトラ助《すけ》を見《み》て、

「前《まえ》のページからちゃんと確認《かくにん》するんだ。」

と、黒《くろ》ねこがあわてたようすでトラ助《すけ》にいいました。トラ助《すけ》がいわれたとおりに前《まえ》のページにもどってみると、そこにもやはりびっしりとスノウの字《じ》。材料《ざいりょう》のグラム数《すう》などが書《か》かれています。

「もっと前《まえ》だ。もっともっと前《まえ》。いちばん前《まえ》のページから、ちゃんと確認《かくにん》するんだ。いちばん前《まえ》だぞ。」

ずいぶんとうるさい黒《くろ》ねこです。しかたなくトラ助《すけ》は、ノートのさいしょのページにもどります。一行目《ぎょうめ》から順番《じゅんばん》に読《よ》んでいくと、ふとトラ助《すけ》の目《め》にトラねこ文字《もじ》がとびこんできました。トラねこ家系《かけい》にしか読《よ》めないトラねこ文字《もじ》です。トラ助《すけ》のおねえさん、みやびの文字《もじ》ににています。読《よ》んでびっくり。

「目《め》の前《まえ》にいるのはノロロ。おしばいにうまくのって。」

ノートには、トラねこ文字《もじ》でそう書《か》かれてあったのでした。

トラ助《すけ》の目《め》は、とたんにじゅっと熱《あつ》くなりました。目《め》の前《まえ》の小《ちい》さな黒《くろ》ねこは、やっぱりノロロ。足《あし》の力《ちから》がへなへなとぬけていきます。もうトラ助《すけ》はひとりじゃありません。

三日前《かまえ》、ここに注文《ちゅうもん》の風《かぜ》をとどけにきたときはびっくりしました。東森《ひがしもり》の入《い》り口《ぐち》にいた黒《くろ》アゲハは、トラ助《すけ》が注文《ちゅうもん》の風《かぜ》を手《て》わたしたとたん大《おお》きなカラスになり、それを合図《あいず》に、スギ林《ばやし》の上《うえ》から何羽《なんば》ものカラスが、トラ助《すけ》めがけていっせいにとびかかってきたのです。おそろしかったのなんのって。いつもたいせつにもちあるいているノートも、あっというまにとられてしまいました。あげくに小《ちい》さな木《き》のうろにほうりこまれてしまったのです。

東森黒太郎《ひがしもりくろたろう》は、大《おお》きくてつよい風《かぜ》のつくりかたを、だれでも読《よ》める文字《もじ》で書《か》きなおすように、そうしなければ森《もり》からは二度《にど》と出《で》られない、とトラ助《すけ》にいいました。もちろんそんなことに素直《すなお》にしたがうものですか。トラ助《すけ》はぜったいにいうことを聞《き》きませんでした。黒太郎《くろたろう》はいらだって、二日目《かめ》の朝《あさ》からは、どんぐりのスープ以外《いがい》トラ助《すけ》に食《た》べさせるなと伝《つた》えたそうです。具《ぐ》なんてこれっぽっちも入《はい》っていないスープです。スープをはこんできたカラスが、

「気《き》の毒《どく》にな。おなかがすくなら、早《はや》くつよい風《かぜ》のつくりかたを書《か》いちまうことだ。」

と、ノートとペンをトラ助《すけ》におしつけてきましたが、トラ助《すけ》は首《くび》をよこにふりました。そして、どうにかしてノートをとりかえさなくっちゃ、そしてこの森《もり》からにげださなくては、と、そればかりを考《かんが》えていたのです。けれどうろから外《そと》に出《で》ようとすると、すぐにバサバサとカラスたちがやってきます。ここから森《もり》の出口《でぐち》までの距離《きょり》を考《かんが》えると、どんなに早《はや》く走《はし》っても、カラスに追《お》いつかれてしまうでしょう。黒太郎《くろたろう》も、たえずトラ助《すけ》のことを監視《かんし》しています。どうしたものかと、トラ助《すけ》は頭《あたま》をかかえていました。

でも、そこへノロロがたすけにきてくれたのです。トラ助《すけ》は、顔《かお》をまっかにして黒太郎《くろたろう》にいいました。

「これは風《かぜ》つくり工場《こうじょう》のたいせつなひみつが書《か》かれたノートだ。こんなものをおまえたちにわたしたら、たいへんなことになってしまう。これはわたせない。」

トラ助《すけ》、はくしんの演技《えんぎ》です。それを見《み》てノロロもつづけます。

「トラ助《すけ》、このままだまっていてくれれば、風《かぜ》つくり工場《こうじょう》に帰《かえ》してやる。でも、さわぎたてるようなら、トラ助《すけ》はもう二度《にど》と風《かぜ》つくり工場《こうじょう》には帰《かえ》れなくなるぞ。もうつよい風《かぜ》のつくりかたはこっちのものだ。あきらめるんだ。」

そういって、ノロロはトラ助《すけ》からノートをとりあげ、すぐに東森黒太郎《ひがしもりくろたろう》にわたしました。

もちろんこれも計画《けいかく》どおり。そうとは知《し》らない黒太郎《くろたろう》は、ノートをだいじそうに受《う》けとると、そのとおりだぞ、といいます。

「トラ助《すけ》、われわれはトラ助《すけ》をこらしめるつもりはないのだ。つよい風《かぜ》のつくりかたさえわかればよいのだからね。あのトラねこ文字《もじ》のノートだってもう返《かえ》してやろう。」

そういって、しょぼんとあきらめたようすのトラ助《すけ》の目《め》の前《まえ》に、ぽん、とトラねこ文字《もじ》のノートを投《な》げました。トラ助《すけ》はそれをいそいでかかえます。

「ではボス、ぼくがこのままトラ助《すけ》を東森《ひがしもり》の外《そと》につれていってしまいましょう。ほうっておくと、せっかく手《て》に入《い》れたノートをとりかえそうとするかもしれません。」

「ふんふん。なんと気《き》のきく子《こ》ガラスだ。それではたのむぞ。」

黒太郎《くろたろう》はもう上機嫌《じょうきげん》です。長年《ながねん》知《し》りたいと思《おも》っていたつよい風《かぜ》のつくりかたを、とうとう手《て》に入《い》れることができたのですから。

「それではボス、一度失礼《いちどしつれい》いたします。」

黒《くろ》ねこはトラ助《すけ》といっしょに広場《ひろば》を出《で》ていきます。

「さいごまでトラ助《すけ》を見《み》はるのだぞ。」

そういった黒太郎《くろたろう》に、

「わかっております。」

と、黒《くろ》ねこはしんみょうな顔《かお》つき。

かれ葉《は》がかさかさ鳴《な》る道《みち》を、黒《くろ》ねことトラねこが歩《ある》いていきます。トラねこが先《さき》を行《い》き、そのあとを見《み》はるように小《ちい》さな黒《くろ》ねこ。

「トラ助《すけ》、うまくいきそうだね。」

ノロロが思《おも》わず小《ちい》さな声《こえ》でそういうと、トラ助《すけ》も、

「うん、出口《でぐち》まであとすこし。」

と、ごくごく小声《こごえ》で返《かえ》します。小《ちい》さな声《こえ》ですから大丈夫《だいじょうぶ》。スギの木《き》の上《うえ》にいるカラスたちには聞《き》こえません。けれどもそのときでした。ノロロが足《あし》もとの丸《まる》太《た》につまずいて、ころんだのです。ドタッというにぶい音《おと》。ころんだだけならよかったのに、

「イテテテテ。」

と、ノロロが立《た》ちあがったときでした。

「おい、それはなんだ。」

スギの木《き》の上《うえ》から声《こえ》がしました。バサバサバサッという羽《はね》の音《おと》。

「たいへんだ。」

トラ助《すけ》がノロロの腕《うで》をぐいっとつかんで走《はし》りだします。ふりかえると、黒《くろ》いカラスの羽《はね》が丸太《まるた》にひっかかっていました。丸太《まるた》につまずいたとき、しっぽにくくりつけていたひもがとれてしまったのです。

「これはなんだ、黒《くろ》い羽《はね》にひもがついているぞ。」

カラスのしわがれ声《ごえ》が森《もり》じゅうにひびきました。

「化《ば》けるのが下手《へた》だったんじゃない。これを見《み》ろ。小細工《こざいく》をしておれたちをだましていやがったんだ。」

「あいつはカラスじゃなくて、もとからの黒《くろ》ねこだ。」

「そうか。風《かぜ》つくり工場《こうじょう》からトラ助《すけ》をたすけにきたんだな。」

カラスたちはかんかん、大《おお》さわぎ。

さあたいへんです。トラ助《すけ》とノロロは、

無我夢中《むがむちゅう》で走《はし》ります。森《もり》の出口《でぐち》に向《む》かっていちもくさん。スギ林《ばやし》の上《うえ》をバサバサと何羽《なんば》ものカラスがとんでいます。スギの木《き》をぬってうしろから追《お》いかけてくるカラスもいました。ぽかっとあかるくひかって見《み》える出口《でぐち》には、いっそうからだの大《おお》きなカラス。あの門番《もんばん》です。カラスになって、ふたりのにげ道《みち》をふさごうというのでしょう。ノロロが息《いき》をきらしながらいいました。

「トラ助《すけ》、なんとかしてあの門番《もんばん》のわきをすりぬけて。それで、森《もり》を出《で》たらすぐ右《みぎ》にぬけるんだよ。路地裏《ろじうら》のほうにね。」

それだけいうと、ノロロは前足《まえあし》をうんと前《まえ》にのばして、前《まえ》へ前《まえ》へ走《はし》ります。トラ助《すけ》も必死《ひっし》です。ふだんなら、トラ助《すけ》の足《あし》はノロロよりもずっと速《はや》いのです。でもここ数日《すうじつ》どんぐりのスープしか食《た》べていなかったからでしょう。どうにも足《あし》に力《ちから》が入《はい》りません。ノロロのあとを追《お》いかけるのがやっとです。ふたりはめいっぱい走《はし》ります。とにかく前《まえ》へ。とにかく早《はや》く。ええっと、それで、右《みぎ》ってどっちだっけ。先《さき》を行《い》くノロロがそう思《おも》ったとき、

「こっち、こっち！」

と、手《て》をふっているブラリとナツが見《み》えました。ノロロはからだをぎゅうっと思《おも》いきり右《みぎ》にまげます。そのとき、

「ウウ〜、ウウ〜。」

と、大《おお》きなからだの犬《いぬ》のハックが、カラスの門番《もんばん》の前《まえ》におどりでました。いまにもカラスにとびつきそう。あんなハックははじめて見《み》ます。

「トラ助《すけ》、ノロロちゃん、こっちだよ、こっち！」

手《て》をふっていたナツが、路地裏《ろじうら》のマンホールの中《なか》にひょいっと入《はい》っていきました。トラ助《すけ》とノロロはハックのよこを通《とお》りぬけ、いそいでナツにつづきます。スギ林《ばやし》の上《うえ》から、やりのようにカラスたちがとんでくるのが見《み》えました。ブラリがマンホールのふたにつけておいたひもを内側《うちがわ》からひっぱります。

「いそいで、いそいでブラリ！」

おもたいふたがガランとふさがったのと同時《どうじ》に、バサバサバサバサッという羽《はね》の音《おと》。かあ、かあ、とけたたましい声《こえ》。けれどそれもすぐにしずかになりました。

「ウウ～。」

と、肩《かた》をいからせて体勢《たいせい》を低《ひく》くしているハックのいきおいに、カラスたちはくちばしをカチカチ鳴《な》らして、バサバサと森《もり》へ退散《たいさん》していったのです。

ぶじに工場《こうじょう》に帰《かえ》ってきたトラ助《すけ》とノロロを見《み》て、スノウは目《め》になみだをうかべ、よろこびました。スノウはいてもたってもいられずに、何度《なんど》もおなじところを行《い》ったり来《き》たりしてまっていたのです。

「わたしが見《み》つけたひみつの地下通路《ちかつうろ》で帰《かえ》ってきたのよ。」

ナツは鼻《はな》のあなをぴくぴくさせていいました。

「ノロロ、ほんとうにがんばったな。」

ブラリがノロロの頭《あたま》をぽんぽんなでます。

「うん、ぼく、がんばったよ。」

でもさっきから、ノロロの足《あし》はがくがくとふるえがとまりません。それを見《み》たトラ助《すけ》が、

「ノロロ、ありがとう。きっとすごくこわかったよね。」

といいました。

どんぐりのスープだけではおなかがぐうぐう鳴《な》ったけれど、トラ助《すけ》はカラスたちのいいなりにならなくてよかったと思《おも》いました。ペロリさんが腕《うで》をぐるぐるまわします。

郵便はがき

料金受取人払郵便

牛込局承認

5530

差出有効期間
2019年12月31日
（期間後は切手をおはりください。）

162-8790

東京都新宿区市谷砂土原町 3-5

偕成社 愛読者係 行

ご住所	〒□□□-□□□□ 都・道 府・県 フリガナ	
お名前	フリガナ	お電話 ★目録の送付を［希望する・希望しない］

★新刊案内をご希望の方：メールマガジンでご対応しておりますので、メールアドレスをご記入ください。

@

書籍ご注文欄

ご注文の本は、宅急便により、代金引換にて1週間前後でお手元にお届けいたします。本の配達時に【合計定価（税込）＋ 送料手数料（合計定価 1500円以上は 300円、1500円未満は 600円）】を現金でお支払いください。

書名		本体価	円	冊数	冊
書名		本体価	円	冊数	冊
書名		本体価	円	冊数	冊

偕成社 TEL 03-3260-3221 ／ FAX 03-3260-3222 ／ E-mail sales@kaiseisha.co.jp

＊ご記入いただいた個人情報は、お問い合わせへのお返事、ご注文品の発送、目録の送付、新刊・企画などのご案内以外の目的には使用いたしません。

★ ご愛読ありがとうございます ★
今後の出版の参考のため、皆さまのご意見・ご感想をお聞かせください。

●この本の書名『　　　　　　　　　　　　　　　　　　　　』

●ご年齢（読者がお子さまの場合はお子さまの年齢）　　　　歳（ 男 ・ 女 ）

●この本の読者との続柄（例：父、母など）

●この本のことは、何でお知りになりましたか？
1. 書店　2. 広告　3. 書評・記事　4. 人の紹介　5. 図書室・図書館　6. カタログ
7. ウェブサイト　8. SNS　9. その他（　　　　　　　　　　　　　　　　）

ご感想・ご意見・作者へのメッセージなど。

ご記入のご感想を、匿名で書籍の PR やウェブサイトの感想欄などに使用させていただいてもよろしいですか？　〔 はい ・ いいえ 〕

「よし、トラ助《すけ》においしいものをたっぷり食《た》べてもらうぞ。」

「ぼくも、ぼくも〜。」

まだふるえのとまらないノロロもいました。

さて、こちらは東森《ひがしもり》です。あの小《ちい》さな黒《くろ》ねこにはしてやられましたが、つよい風《かぜ》のつくりかたさえ手《て》に入《はい》ればよいのです。

「よし。さっそくこのレシピどおりに風《かぜ》をつくってみよう。」

黒太郎《くろたろう》は手《て》に入《い》れた小《ちい》さなノートを

読《よ》みあげます。

「わらい声《ごえ》のかけら一グラム、虫《むし》くいの葉《は》っぱ一グラム、そしてスギの木《き》の花粉《かふん》一グラム。だいじなのは鉄《てつ》の粉《こな》だ。うむ。これも一グラムでいいみたいだな。すぐ手配《てはい》してくれ。」

前《まえ》に黒太郎《くろたろう》が風《かぜ》つくり工場《こうじょう》にもぐりこんで聞《き》いてきたように、やはりだいじなのは「わらい声《ごえ》のかけら」のようです。わらい声《ごえ》のかけらなら、あのとき何《なん》個《こ》かぬすんできたものがあります。鉄《てつ》の粉《こな》、というところは赤文字《あかもじ》。きっとつよい風《かぜ》をつくるのに欠《か》かせないものなのでしょう。つよい風《かぜ》をつくるにはハンガーや針金《はりがね》が必要《ひつよう》なのでは、と黒太郎《くろたろう》も前《まえ》から考《かんが》えていました。予想的中《よそうてきちゅう》。黒《くろ》太郎《たろう》はとくいげにノートをめくります。「これは大《おお》げさな機械《きかい》をつかわなくてもつくれるつよい風《かぜ》のひみつのレシピです」。ノートにはそんなことも書《か》いてありました。

「まずは材料《ざいりょう》を順《じゅん》に水《みず》にとかし、フラスコで温《あたた》める。」

そこまで読《よ》んで、黒太郎《くろたろう》は手《て》をとめました。ノートには、さいごに鉄《てつ》の粉《こな》を入《い》れ、かなりの高温《こうおん》まで熱《あつ》くしたところに炎《ほのお》をちかづける、とあります。これはちょっと危険《きけん》です。でもつよい風《かぜ》をつくるのですから、すこしくらいの危険《きけん》は覚悟《かくご》しなければいけないのでしょう。黒太郎《くろたろう》は熱《あつ》くなったフラスコの上《うえ》にマッチですった火花《ひばな》をちかづけます。ほんとうはどぎまぎしていましたが、

「ここは東森《ひがしもり》のボス、東森黒太郎《ひがしもりくろたろう》にまかせなさい。」

と、首《くび》をのばして黒太郎《くろたろう》の手《て》もとを見《み》ているまわりのカラスたちに、そんなことをいってみせます。

そのときです。バン！ という大《おお》きな音《おと》。鉄《てつ》の粉《こな》と火花《ひばな》が反応《はんのう》して、小《ちい》さな爆発《ばくはつ》がおきたのです。黒太郎《くろたろう》もまわりのカラスもびっくり。黒太郎《くろたろう》のとなりのカラスは思《おも》わずあずかっていたノートを投《な》げてしまいましたし、目《め》を白黒《しろくろ》させているものもいます。こしをぬかしてしまったものもいました。はなれたところにいたカラスが、あわててノートをひろって読《よ》みあげます。

「ボス。ノートには、音《おと》が出《で》たあとフラスコから風《かぜ》がふきだしてくる、と書《か》いてあります。」

「な、なに。このあとに風《かぜ》だと？」

さっきの爆発《ばくはつ》で、おでこの先《さき》の毛《け》がすこしこげてしまったことにも気《き》づかずに、黒太郎《くろたろう》はゴホンゴホン、と平静《へいせい》をよそおってせきばらいをします。たしか以前工場《いぜんこうじょう》で見《み》たときは、風《かぜ》のもとをよく切《き》れる特製《とくせい》カッターで切《き》ったり、そのあとに大《おお》きななべでぐつぐつとにこんだりしていたような。でもすぐに、ああそうか、と黒太郎《くろたろう》は思《おも》いました。つよい風《かぜ》だもの、しっぽの長《なが》さを切《き》る必要《ひつよう》がないのでしょう。それに力《ちから》のある風《かぜ》だからこそ、爆発《ばくはつ》の瞬間《しゅんかん》に生《う》まれるのかもしれません。見《み》ると、たしかにフラスコから、しゅうう〜と白《しろ》い風《かぜ》が出《で》てきています。さあ、ふきだしてくるぞ、これからつよい風《かぜ》がびゅうびゅうでてくるぞ。黒太郎《くろたろう》はみがまえました。

「風《かぜ》はこのふくろのなかに入《い》れるぞ。みんなでおさえろ。」

とても大《おお》きなふくろです。両羽《りょうはね》を目《め》いっぱいひろげてもあまるような大《おお》ぶくろ。けれど、しゅううう〜。フラスコから出《で》てきた白《しろ》い風《かぜ》は、そのまま白《しろ》く細《ほそ》くしぼんでいき、さいごにはすうっと音《おと》も立《た》てずに消《き》えました。

「なんだなんだ？」

さいしょは目《め》をぱちぱちさせてけげんそうにしていた黒太郎《くろたろう》。けれどじきに、だまされたことに気《き》づいたのでした。

「ええい、またたぞ！　またあの風《かぜ》つくりのねこたちにしてやられたぞ。」

黒太郎《くろたろう》は目《め》をきいっとさんかくにとが

らせてじだんだをふんだのち、すぐにまわりにいいました。

「さっそく会議《かいぎ》だ。風《かぜ》つくり工場《こうじょう》のねこたちをぎゃふんといわせる作戦《さくせん》を、いまからすぐに立《た》てなおす。」

おこった黒太郎《くろたろう》が頭《あたま》をぶんぶんふるたびに、こげたおでこの毛《け》がちりちりとあたりにちらばります。カラスたちはそれを見《み》て見《み》ぬふりをして、

「そうだぞ。」

「いまからすぐに作戦《さくせん》だ。作戦《さくせん》の立《た》てなおしだ。」

と、口々《くちぐち》にいいあいました。


この一件《いっけん》があってから、三毛《みけ》ねこ工場長《こうじょうちょう》は、風《かぜ》の注文受付《ちゅうもんうけつけ》のシステムを見直《みなお》すことに決《き》めました。

「まだはじめたばかりの事業《じぎょう》だからね。見直《みなお》しをしながらよりよいやりかたを見《み》つけていこう。しばらくはわたしもいっしょにそのしごとをひきうけること

にする。」

工場長《こうじょうちょう》はつぎの日《ひ》の朝礼《ちょうれい》でそう発表《はっぴょう》しました。ノロロに風《かぜ》の注文受付係《ちゅうもんうけつけがかり》のしごとがまわってくる日《ひ》は、まだまだ先《さき》のことになりそうです。

工場長《こうじょうちょう》のひみつのおひるね

朝礼《ちょうれい》のあとのことでした。

「よし、きょうもわらい声《ごえ》のかけらひろい、がんばってこいよ。」

いつものようにノロロとナッツに声《こえ》をかけたブラリに、

「ねえねえ、わたし、見《み》ちゃったんだ。」

と、ナッツが、ペロリ料理長《りょうりちょう》となにか話《はな》しこんでいる工場長《こうじょうちょう》を横目《よこめ》で見《み》ながらいいました。

「工場長《こうじょうちょう》、ここのところいっつもひなたぼっこしているの。」

「ひなたぼっこ？」

ノロロがナツのほうを向《む》きます。

「そうなの。みどり町《まち》にお庭《にわ》のりっぱなおたくがあってね、そこでいつもおひるねしているの。おいしいおやつなんかももらったりして。」

「そんなわけないだろ。」

ブラリはすぐにそういいました。工場長《こうじょうちょう》はいつだってしごと熱心《ねっしん》。いつでも工場内《こうじょうない》に目《め》をひからせて、なにかおかしなところが見《み》つかると、いちばんにとんでいくのです。でもナツは、首《くび》をかしげていいました。

「工場長《こうじょうちょう》、どうしておひるねなんかしているのかなあ？　しごとちゅうって、おひるねしちゃいけないはずだよね？」

そういえば、と、ノロロは思《おも》いだしました。ついさいきん、ノロロは公園《こうえん》のベンチの上《うえ》で、うっかりおひるねをしてしまったのです。おひさまがぽかぽかとあたって、ここちよいひるさがりのことでした。でも、運悪《うんわる》く工場長《こうじょうちょう》に見《み》つかって、ノロロはおこられてしまったのです。

「しごとちゅうにおひるねなんてとんでもない。ひとつでも多《おお》く、わらい声《ごえ》のかけらをあつめてくるように。」

工場長《こうじょうちょう》はそういいました。だけどあのとき、工場長《こうじょうちょう》はどこへ行《い》こうとしていたのでしょう。ノロロをおこったあと、

「わたしはこのあとちょっと行《い》かなければならないところがあるから。」

そんなことをいって、足早《あしばや》に公園《こうえん》をつっきっていったのです。

あのときノロロは、工場長《こうじょうちょう》っていそがしいんだなあと思《おも》ったのでした。工場《こうじょう》長《ちょう》は工場内《こうじょうない》の見《み》まわりだけでなく、地域《ちいき》の会議《かいぎ》に出《で》たり、内職《ないしょく》さんたちのところに顔《かお》を出《だ》したりと、いつもとてもいそがしそうです。でも、その工場長《こうじょうちょう》がひ

なたぼっことは。

「ちょっとへんだよね。」

ノロロが首《くび》をかしげると、ナツはそうでしょう？　と耳《みみ》をひょこんとうごかして、

「わたし、工場長《こうじょうちょう》に聞《き》いてくる。」

と、くるりと向《む》きをかえました。でも、さっきまでペロリさんと話《はな》しこんでいた工場長《こうじょうちょう》は、もうそこにいません。

「工場長《こうじょうちょう》は？」

ナツがペロリさんにたずねると、ペロリさんはおや、という顔《かお》をして、

「工場長《こうじょうちょう》ならきょうは朝《あさ》から外《そと》へお出《で》かけだそうだよ。だいじな用《よう》があるそうだ。さて、わたしもしごとしごと。きょうは海《うみ》の香《かお》りたっぷりのシーフードピラフをつくるよ。」

そんなことをいいながら、食堂《しょくどう》へ行《い》ってしまいました。

「工場長《こうじょうちょう》ったらどうしたのかなあ。」

よけいなことは考《かんが》えず、とにかくしごとに出《で》かけてこい。そうブラリにいわれたノロロとナツでしたが、工場長《こうじょうちょう》のことが気《き》になります。ああでもないこうでもないと話《はな》しこみ、出《で》かけるようすがありません。ナツがいうには、工場長《こうじょうちょう》は、ここのところいつもおひるすぎになると、みどり町《まち》のそのおたくに向《む》かうのだそうです。かたちのいいみかんの木《き》があって、木《き》の下《した》には白《しろ》いいすがあって、工場長《こうじょうちょう》はいつもいすの上《うえ》にまるくなってひなたぼっこをするんだとか。

「家《いえ》にはおばあさんがひとりで住《す》んでいるの。それで工場長《こうじょうちょう》ったら、そのおばあさんに背中《せなか》をなでてもらったりしてね。ぐるぐるのどを鳴《な》らすのよ。そのうちにおばあさんがおくからケーキを出《だ》してきて、それを工場長《こうじょうちょう》、毎日《まいにち》のように食《た》べるの。帰《かえ》るときにはおなかがすっかりまんまる。とってもおいしそうなケーキなんだよ。わたしもあれ、食《た》べたいなあ。」

そんなことをいうナツに、ノロロは首《くび》をかしげます。

「でも、へんな話《はなし》だよね。ダンおじさんの話《はなし》だとさ、工場長《こうじょうちょう》って、たしかここの町《まち》の市長《しちょう》さんの家《いえ》で飼《か》われているんじゃなかったっけ？」

それを聞《き》いて、ナツはそのとおりよ、と大《おお》きくうなずきました。

「だからおばあさんのお庭《にわ》でくつろぐ理由《りゆう》なんてないはずなんだけど。あっ、工場長《こうじょうちょう》ってくいしんぼうじゃない。だからあのおやつが食《た》べたくって、それで毎日《まいにち》かよっているのかな。」

「ええ〜。そんなことって、あるかなあ。」

でも、そう考《かんが》えるとつじつまがあいます。ナツのいうとおり、工場長《こうじょうちょう》はほんとうにくいしんぼうなのです。食堂《しょくどう》ではノロロの顔《かお》ほどもある大《おお》もりの料理《りょうり》を、ぺろりとだれよりも早《はや》くたいらげてしまいます。

「やっぱりちょっとおかしいよ。きょうこそ工場長《こうじょうちょう》に直接《ちょくせつ》聞《き》いてみる。」

そういって、ナツがかけだそうとしたときでした。ブラリから話《はなし》を聞《き》いて、食堂《しょくどう》のまどからふたりのようすを見《み》ていたペロリさんが、

「おおい。」

と、ふたりをよびました。いつまでもしごとに出《で》かけずにいるのをとがめられると思《おも》って、びくっとしたノロロとナツに、ペロリさんは、

「ふたりに見《み》せたいものがあるんだ。」

と、おいでおいでをしています。そして、

「送風室《そうふうしつ》の前《まえ》のろうかにきてごらん。」

といったのでした。いったいふたりになにを見《み》せたいというのでしょう。

送風室《そうふうしつ》は、研究棟《けんきゅうとう》の一階《かい》にあります。研究棟《けんきゅうとう》の二階《かい》はブラリの標本室《ひょうほんしつ》で、三階《かい》はスノウたちがつかう研究室《けんきゅうしつ》です。送風室《そうふうしつ》には、黒《くろ》いレバーやみどり色《いろ》のしかくいボタン、赤《あか》い針《はり》のメーターのついた装置《そうち》が置《お》かれています。送風《そうふう》システム装置《そうち》です。工場長《こうじょうちょう》は、毎朝《まいあさ》ここで、風《かぜ》を町《まち》に送《おく》りだすボタンをおします。

「きょうの風《かぜ》はもう送《おく》ったのかしら。」

ナツがろうかのまどからせのびをして中《なか》をのぞきました。工場長《こうじょうちょう》のすがたは見《み》えません。

「きょうは朝《あさ》から出《で》かけるところがあったからね、送風《そうふう》ボタンは朝礼《ちょうれい》の前《まえ》におしておいたそうだよ。ほら、きょうの風《かぜ》も気《き》もちよさそうじゃないか。」

うしろからペロリさんの声《こえ》。

「おやおや、スノウの入《い》れてくれたホットミルクも飲《の》まずに出《で》かけたようだ。」

つくえの上《うえ》には、なみなみとミルクの入《はい》った黄色《きいろ》いマグカップが置《お》かれたままです。

「ええ〜。工場長《こうじょうちょう》ったら、スノウのミルクよりおばあさんのケーキのほうがいいってことかなあ。」

そんなことをいうナツに、ペロリさんがまあまあ、とわらいます。

「まあごらん。ここにはね、歴代《れきだい》の工場長《こうじょうちょう》の肖像画《しょうぞうが》がかざられているんだ。」

送風室《そうふうしつ》の前《まえ》のろうかのかべには、金色《きんいろ》の額《がく》や木彫《きぼ》りの額《がく》に入《はい》った、いままで

の工場長《こうじょうちょう》たちの肖像画《しょうぞうが》がならんでいました。ペロリさんがふたりに見《み》せたかったものはこれだったようです。

ひげの先《さき》がくるんとまるまって上《うえ》を向《む》いているロマンスグレーの工場長《こうじょうちょう》。かっちりとした背広《せびろ》を着《き》ているぶちねこの工《こう》場長《じょうちょう》。どの肖像画《しょうぞうが》の工場長《こうじょうちょう》も、みなとてもりっぱです。

いちばんはじっこにいるのがいまの三毛《みけ》ねこ工場長《こうじょうちょう》です。いつもの作業着《さぎょうぎ》とめがねの工場長《こうじょうちょう》は、かざらないようすでまっすぐ前《まえ》を見《み》ています。

「なんだか、いまの工場長《こうじょうちょう》はあまりりっぱに見《み》えないね。かっこいい勲章《くんしょう》のついた上着《うわぎ》とかを着《き》たらいいのにな。」

ノロロがすこしざんねんそうにいいました。それを聞《き》いて、ペロリさんはにがわらいをします。

「そうかね。先代《せんだい》の工場長《こうじょうちょう》も先々代《せんせんだい》の工場長《こうじょうちょう》も、みなそれぞれすばらしい工場長《こうじょうちょう》だったがね、ミケだってそりゃありっぱな工場長《こうじょうちょう》なんだ。」

それからペロリさんはいいました。

「それはそうと、ミケのとなりにいる先代《せんだい》の肖像画《しょうぞうが》を見《み》てごらん。」

先代《せんだい》の工場長《こうじょうちょう》。それは、いまの工場長《こうじょうちょう》とおなじ、三毛《みけ》ねこです。先代《せんだい》はベレーぼうをかぶっていて、いまの工場長《こうじょうちょう》はめがねをかけています。よく見《み》ると三毛《みけ》もようにわずかな色《いろ》のちがいはありますが、ぼうしとめがねがなかったら、ふたりはとてもよくたねこです。

「先代《せんだい》の工場長《こうじょうちょう》って、工場長《こうじょうちょう》のおじいさんかなにかだったの？」

ナツがいうと、ペロリさんはいやいや、と首《くび》をふりました。

「いや、血《ち》はまったくつながっていないのさ。たまたま、三毛《みけ》ねこが二代《だい》つづいてね。先代《せんだい》はリンゴのケーキが大《だい》すきでさ。」

ペロリさんはなつかしそうに先代《せんだい》のことを話《はな》します。

「じっくりにたリンゴをたっぷりまぜこんで、オーブンでこんがり焼《や》いたケーキでね。先代《せんだい》はそれをよくおやつに食《た》べていたよ。」

先代《せんだい》の工場長《こうじょうちょう》のことは、ノロロもナツも、聞《き》いたことがあります。とてもいげんがあって、口数《くちかず》がすくなくて、りっぱなねこだったそうです。額《がく》ぶちの中《なか》の先代《せんだい》は、茶色《ちゃいろ》いツイード生地《きじ》の上着《うわぎ》を着《き》ていて、いまの工場長《こうじょうちょう》とはふんいきがずいぶんちがいます。たしかに血《ち》はつながっていないようです。ふたりだけではありません。よく見《み》ると、肖像画《しょうぞうが》の工場長《こうじょうちょう》たちは、だれもがみな、血《ち》はつながっていないようでした。

「先祖《せんぞ》が工場長《こうじょうちょう》だからって、その子《こ》どももやまごも工場長《こうじょうちょう》になる、ってわけじゃないみたいね。」

ナツのことばに、ペロリさんはそのとおりだ、とうなずきました。

「ノロロとナツはまだ参加《さんか》したことがないが、工場長《こうじょうちょう》というのは選挙《せんきょ》でえらばれるんだ。」

「せんきょ？」

ノロロが首《くび》をかしげます。

「そう。工場長《こうじょうちょう》にはだれがいちばんふさわしいか、工場《こうじょう》の全員《ぜんいん》でえらぶんだよ。工場長《こうじょうちょう》になってほしいだれかの名前《なまえ》を紙《かみ》に書《か》いてね。ミケも、それでみんなからえらばれた。だけどね、選挙《せんきょ》の直前《ちょくぜん》まで、ミケは工場長《こうじょうちょう》になりたいなんてこれっぽっちも思《おも》っていなかったんだ。」

ペロリさんは、たのしそうににやりとわらいました。

「ほら、ミケはくいしんぼうだろう？　だから、わたしといっしょにレストランをひらこうって、それがわたしとミケの、あのころの口《くち》ぐせだった。わたしは料理《りょうり》をするのがむかしから大《だい》すきだったし、ミケはわたしがつくったものをつぎからつぎへと食《た》べては感想《かんそう》をいってくれたものだ。」

ノロロは、前《まえ》に一度《いちど》まるタンクのパイプの中《なか》にもぐりこんだことを思《おも》いだしました。ナツとこっそりしのびこんで、工場長《こうじょうちょう》にそれはもうこっぴどくおこられたのです。そういえばあのとき、パイプのなかに「レストラン・ペロリ」という落書《らくが》きを見《み》つけましたっけ。それは工場長《こうじょうちょう》とペロリさんが、ノロロみたいに小《ちい》さかったときに、ふざけて書《か》いた落書《らくが》きだったとか。

「どうして、レストランをひらくのをやめてしまったの？」

「やめたわけじゃないんだよ。」

ペロリさんは首《くび》をよこにふりました。

「ミケは、選挙《せんきょ》の直前《ちょくぜん》で工場長《こうじょうちょう》になるって決《き》めて、選挙《せんきょ》に立候補《りっこうほ》した。」

「りっこうほ？」

ナツがふしぎそうな顔《かお》をします。

「立候補《りっこうほ》、というのは、工場長《こうじょうちょう》になりたいと思《おも》ったものが、手《て》をあげることさ。立候補《りっこうほ》したもののなかから、みんなで、だれがいちばん工場長《こうじょうちょう》にふさわしいか、きめるんだ。」

「せんきょだよね。」

ノロロがいいます。

「そうだ。それでその選挙《せんきょ》のときに、ミケは、自分《じぶん》が工場長《こうじょうちょう》になれたなら、工《こう》場《じょう》においしい食堂《しょくどう》をつくる、ってやくそくしたんだ。それまで工場《こうじょう》には食堂《しょくどう》がなかったからね。だからわたしとミケの夢《ゆめ》は、ちゃんとかなったんだよ。それから、」

ペロリさんはノロロとナツの顔《かお》をのぞきこんでいいました。

「それからミケは、ほかにもみんなにやくそくしたんだ。自分《じぶん》が工場長《こうじょうちょう》になれたなら、工場《こうじょう》の社員《しゃいん》のことをだいじにする、そして、町《まち》のみんながよろこんでくれる質《しつ》のよい風《かぜ》をつくる。合《あ》わせて三つを、みんなにやくそくしたんだ。」

「工場《こうじょう》の社員《しゃいん》のことを、だいじにする。」

ノロロがつぶやきました。たしかに工場長《こうじょうちょう》はいつだって、ノロロや、ナツ、工場《こうじょう》ではたらく社員《しゃいん》みんなのことをだいじにしてくれます。まるタンクの中《なか》にしのびこんだときだって、もしも風《かぜ》がまるタンクの中《なか》に入《はい》ってきてしまったら危険《きけん》だから、おこってくれたのです。そして、いまならわかります。あのとき工場長《こうじょうちょう》は、ノロロたちがなまけているときに、いっしょうけんめいはたらいてくれていたほかの社員《しゃいん》たちのことを考《かんが》えて、おこったのでした。ハックのことだってそうです。いつだったか、工場《こうじょう》のねこたちが、ハックのことをスパイだとかんちがいしてしまったことがありました。でも、ハックのはたらきぶりを見《み》ていた工場長《こうじょうちょう》は、自分《じぶん》の足《あし》でほんとうのことをたしかめに行《い》っていたとノロロはブラリから聞《き》きました。

「うん。たしかに工場長《こうじょうちょう》はぼくたちのことをだいじにしてくれる。」

「そうだろう。」

ペロリさんは大《おお》きくうなずきました。

「工場《こうじょう》に食堂《しょくどう》ができたときなんて、みんな大《おお》よろこびしたんだぞ。」

「うん、ダンおじさんも、とってもうれしかったといっていたわ。ああいうことはしごとの意欲《いよく》につながるんだ、って。」

ナツもうなずきました。ペロリさんの料理《りょうり》はいつも熱々《あつあつ》できたて。それをみんなでふうふうさましながら、その日《ひ》のしごとのすすみ具合《ぐあい》を報告《ほうこく》しあうおひるのあいだは、いまもとてもたのしいひとときです。

「だけど工場長《こうじょうちょう》は、どうしてきゅうに工場長《こうじょうちょう》になろうって思《おも》ったのかしら。それまではこれっぽっちも工場長《こうじょうちょう》になろうとは思《おも》っていなかったんでしょう？」

それを聞《き》いて、ペロリさんはうむ、といいました。

「たしかにそうだ。だけどミケは小《ちい》さいときから、なんとなくほかのねことはちがうねこだった。一本《ぽん》すじの通《とお》った男《おとこ》でね。先代《せんだい》はそれをちゃんとわかっていて、つぎの選挙《せんきょ》にはおまえも立候補《りっこうほ》したらいいと、いつもミケにすすめていたよ。だけどあのころミケは、どうやったら町《まち》に質《しつ》のいい風《かぜ》を送《おく》れるのかわからない、って、よくわたしに話《はな》していてね。それがわからないんじゃ、自分《じぶん》は工場長《こうじょうちょう》になる資格《しかく》はないっていっていた。」

「そんなのかんたんじゃない。大《おお》つぶのわらい声《ごえ》のかけらとしんせんな水《みず》をつかえば、質《しつ》のいい風《かぜ》はつくれるわ。」

ナツがそんなこともわからないの、と首《くび》をかしげると、ペロリさんは、もちろんそうだ、とうなずきました。

「でも、それだけじゃなくて、自分《じぶん》たちにしかつくれないような、町《まち》のみんながもっとよろこんでくれるような風《かぜ》がつくれたらって、ミケは思《おも》っていたんじゃないかな。」

「ふうん。工場長《こうじょうちょう》になるって、むずかしいのね。」

ナツは、あらためてかべにならんだいくつもの肖像画《しょうぞうが》を見上《みあ》げました。つられてノロロも見上《みあ》げます。そして、いいました。

「それなら、先代《せんだい》の工場長《こうじょうちょう》は、工場長《こうじょうちょう》が選挙《せんきょ》でえらばれて、とってもよろこんだだろうね。」

「うむ、それなんだが。」

ペロリさんは目《め》をとじました。

「ミケが工場長《こうじょうちょう》になるって決《き》めたときには、もう、先代《せんだい》はいなかったんだよ。かぜをこじらせてね、もう、そのときにはいなかったんだ。」

ノロロとナツは、それを聞《き》いて目《め》をふせました。ふたりにはまだぴんとこないけれど、そういうことってあると、このごろは思《おも》うようになっていたのです。

「先代《せんだい》は、ミケこそがいつかは工場《こうじょう》をひっぱっていってくれる存在《そんざい》になると、きたいしていたんだと思《おも》う。学会《がっかい》や勉強会《べんきょうかい》があると、ミケに声《こえ》をかけて自分《じぶん》といっしょにくるように話《はな》していた。あの日《ひ》もそうだったよ。ミケもいっしょに勉強会《べんきょうかい》に行《い》くはずだった。でもミケはそのことをわすれていてね。もともと、勉強会《べんきょうかい》よりも、自分《じぶん》にはもっとほかに考《かんが》えなくちゃいけないことがあるといっていたからね。先代《せんだい》は雨《あめ》の中《なか》、ずっとミケをまっていた。それで先代《せんだい》は病気《びょうき》になってしまったんだと、ミケはいまでもこうかいしているよ。先代《せんだい》は自分《じぶん》のせいで死《し》んでしまったとね。」

だけど、と、ペロリさんはつづけます。

「先代《せんだい》はもうだいぶ年《とし》をとって、かくしていたけど、具合《ぐあい》も悪《わる》かったんだ。」

「……きっと工場長《こうじょうちょう》のせいじゃないよ。」

思《おも》わずノロロがそういうと、ペロリさんも大《おお》きくうなずきました。

「そうなんだがね、だけどミケはああいう性格《せいかく》だから、ずいぶんと責任《せきにん》を感《かん》じたようだ。なによりほら、先代《せんだい》のかいぬしさんがかなしがったものだから。」

「先代《せんだい》のかいぬしさん？」

ナツがペロリさんを見上《みあ》げます。ペロリさんはそうだよ、とナツの顔《かお》を見《み》ました。

「あのみかんの木《き》のある庭《にわ》のおばあさんが、先代《せんだい》のかいぬしだったんだ。おばあさん、それはもう先代《せんだい》をかわいがっていてね。先代《せんだい》がとうとうしんでしまった日《ひ》、おばあさんはおいおい泣《な》いて、みかんの木《き》の下《した》に先代《せんだい》の墓《はか》をつくった。」

「そうだったの。」

ナツは陽《ひ》あたりのよいみかんの木《き》を思《おも》いうかべました。となりに立《た》つやさしげなおばあさんのことも。

「あのころ、おばあさんはもうすこしわかくて、おかしづくりがとくいだった。さっき、先代《せんだい》はリンゴのケーキがすきだったといっただろう？　それもあのおばあさんがよくつくっていたものなんだ。リンゴをにるときに、茶色《ちゃいろ》いざらざらのお砂糖《さとう》をつかうのが、おばあさんのこだわりだった。シナモンをほどよくきかせてね。鼻《はな》がぐうんとひらくような、いい香《かお》りのするケーキだったなあ。」

ナツは思《おも》いだしました。工場長《こうじょうちょう》のところへおばあさんがもってくるおやつのケーキ、あれはたしかにいい香《かお》りのするケーキでした。ちょっとおとなのふんいきのする茶色《ちゃいろ》いケーキ。

「おばあさん、週末《しゅうまつ》になるといつもリンゴのケーキをつくっていたよ。先代《せんだい》もむしゃむしゃ食《た》べていたっけ。中《なか》はしっとり、外側《そとがわ》はこんがり。とびきりおいしいケーキだったんだ。だけど先代《せんだい》がなくなってから、ぷっつりと、おばあさんはケーキをつくるのをやめてしまった。そして何日《なんにち》も泣《な》いていたんだ。それでミケは、考《かんが》えて考《かんが》えて、新《あたら》しい風《かぜ》をつくった。」

「新《あたら》しい風《かぜ》？」

ペロリさんはなつかしそうに目《め》を細《ほそ》めます。

「ミケがあのときつくった風《かぜ》。それは、『リンゴのケーキのこうばしい香《かお》り、ねこが庭《にわ》を通《とお》りぬける足音《あしおと》のようなかすかな風音《かざおと》、温度《おんど》は庭木《にわき》の下《した》の日《ひ》だまり程度《ていど》』。こういう風《かぜ》さ。ふわっと香《かお》るリンゴのケーキは先代《せんだい》の香《かお》り。こうばしくってあまずっぱくって、心《こころ》をぎゅうっとつかまれるような香《かお》りなんだ。リンゴのケーキの風《かぜ》にあたったとき、おばあさんは涙《なみだ》をふいてね、『まあ、この風《かぜ》、あの子《こ》が会《あ》いにきてくれたのかしら。あの子《こ》とお庭《にわ》ですごした日々《ひび》を思《おも》いだすわ。』って、顔《かお》をあげたよ。そして、『あの子《こ》にはたくさんの思《おも》い出《で》をもらったわね。ありがとう。』って、すこしだけ、わらったのさ。」

ペロリさんの話《はなし》によると、工場長《こうじょうちょう》はそれからときどき、リンゴのケーキの風《かぜ》を工場《こうじょう》でつくり、町《まち》に送《おく》ったということでした。そのたびにねこたちとあのおばあさんは、先代《せんだい》のことを思《おも》いだし、なつかしんだそうなのです。

「ミケは、なくなってしまったものをいつまでもわすれない風《かぜ》をつくった。その風《かぜ》にふかれたら、いつでもそのころのことを思《おも》いだせる風《かぜ》だよ。」

「いい風《かぜ》だね。」

ノロロはうっとりと目《め》をとじます。

「うん。とってもいい風《かぜ》なんだ。わたしにも、会《あ》いたくてももう二度《にど》と会《あ》えない家族《かぞく》や友人《ゆうじん》がいるんだよ。年《とし》をかさねると、そういうことってあるんだね。だけど、そのときミケはかならず、いっしょにすごした日々《ひび》を思《おも》いだす風《かぜ》をつくろうといってくれる。思《おも》い出《で》のにおいや思《おも》い出《で》の音《おと》がたっぷり入《はい》った風《かぜ》をね。思《おも》いだすのはくるしくないのさ。わすれてしまうことのほうがよっぽどくるしくて、せつない。」

「せつない。」

ナツが小《ちい》さくつぶやきました。せつないって、ナツはいままで思《おも》ったことのない気《き》もちです。でもそれって、自分《じぶん》のせいでノロロが工場《こうじょう》をくびになってしまうかもしれなくてなみだがとまらなかった、あのときの気《き》もちとおなじでしょうか。まだよくわからないけれど、でもきっとおばあさんは、リンゴのケーキの風《かぜ》にふかれるたびに、なつかしくて、温《あたた》かい気《き》もちになったんじゃないかしら。ナツはそう思《おも》いました。

「ミケは、おばあさんのわらった顔《かお》を見《み》て、工場長《こうじょうちょう》に立候補《りっこうほ》するって決《き》めた。自分《じぶん》にも、だれかがよろこんでくれるような質《しつ》のいい風《かぜ》をつくることができるかも、って、思《おも》えたんだろうな。」

「工場長《こうじょうちょう》じゃなくちゃつくれない風《かぜ》だったんだね。」

ノロロがいうと、ナツもうんうん、とうなずきます。そして、

「わたし、やっぱり工場長《こうじょうちょう》のところへ行《い》ってくる。工場長《こうじょうちょう》は、なにか理由《りゆう》があってあのお庭《にわ》でおひるねしているんだと思《おも》うの。わたしもなにかお手伝《てつだ》いができるかもしれない。」

と、ぴゅいっと外《そと》へかけだして行《い》きました。

みかんの木《き》の葉《は》っぱがつやつやと日《ひ》にあたってまあるくひかっています。木《き》の下《した》のいすには工場長《こうじょうちょう》。きょうは朝《あさ》からこの庭《にわ》にきたようです。そのよこで、背中《せなか》をまあるくしたおばあさんが、工場長《こうじょうちょう》の背中《せなか》をなでていました。

ここのところいつもナツがかきねにかくれてのぞいていた光景《こうけい》です。でも、きょうはちょっとようすがちがいます。おばあさんのむねには大《おお》きなよそゆきのブローチ。そして、おばあさんのわきには大《おお》きな旅行《りょこう》かばんがひとつ、置《お》かれていました。

「おばあさんはね、きょうでこの家《いえ》とおわかれするそうなんだ。けさ、わたしもミケから聞《き》いたのさ。」

ナツを追《お》ってあとからノロロとやってきたペロリさんが、息《いき》をととのえながらいいました。

「おわかれ？　おわかれって、どういうこと？」

「うん。おばあさんはひとりぐらしじゃなくって、息子《むすこ》さん一家《いっか》とくらすことにしたそうなんだよ。」

お庭《にわ》の外《そと》で、ブブブーッという音《おと》がしました。見《み》ると大《おお》きな白《しろ》いトラックです。

「かあさん、そろそろ荷物《にもつ》をはこぶよ。」

やさしげなおじさんがひとり、おばあさんに手《て》をあげます。そのよこには小《ちい》さな男《おとこ》の子《こ》。

「おばあちゃん。早《はや》く、早《はや》く!」

おばあさんに向《む》かって元気《げんき》よく手《て》をふっています。おばあさんも、

「まあまあ、いま行《い》きますよ。」

と、手《て》をふって、それからまた工場長《こうじょうちょう》のほうをふり向《む》きました。

「きょうはわたし、あなたに伝《つた》えておきたいことがあるの。前《まえ》にも話《はな》したかもしれないけれどね、このごろ、きおくがところどころ消《き》えていくのよ。どうしてかしらね。ずっとおぼえていたいのに、あの子《こ》のことをわすれそうになるの。あの子《こ》の鼻《はな》のかたちやあの子《こ》のやわらかな鳴《な》き声《ごえ》が、すこしずつ、ぼんやりしていくの。」

おばあさんの顔《かお》はかなしげです。工場長《こうじょうちょう》はいすの上《うえ》でじっと背中《せなか》をまるめて

います。ノロロはむねがしめつけられるような気《き》もちになりました。なぜだかふあんな気《き》もちです。

「それだけじゃない。きのうの晩《ばん》に食《た》べたものや、朝《あさ》おくすりを飲《の》んだかどうかってことさえ、お粉《こな》がお水《みず》にすうってとけていくように、わすれてしまうの。そんなとき、あなたに会《あ》うと、思《おも》いだすのよ。あの子《こ》のからだもこんなふうに温《あたた》かかったな、あの子《こ》の鼻《はな》もこんなふうにしめっていたなって。そしてね、きのうのお食事《しょくじ》のことだって、数日前《すうじつまえ》に八百屋《やおや》さんで買《か》ったものだって、しっかりくっきり、また思《おも》いだせるようになるの。」

工場長《こうじょうちょう》の鼻先《はなさき》を、おばあさんは細《ほそ》い指《ゆび》を曲《ま》げた先《さき》で何度《なんど》もさわります。そしてしめっているのを確認《かくにん》すると、わずかに目《め》を細《ほそ》めるのでした。

「ふしぎね。ここのところあなたがお庭《にわ》でこうしてのんびりしていってくれるようになって、わたし、何年《なんねん》も前《まえ》のリンゴのケーキの配合《はいごう》だって思《おも》いだせちゃった。こまかな分量《ぶんりょう》ひとつひとつ、思《おも》いだせたの。どうしてかしらね。」

工場長《こうじょうちょう》の背中《せなか》をいとしげになでるおばあさんの手《て》は、とても細《ほそ》くて気《き》もちよさそう。工場長《こうじょうちょう》は向《む》こうを向《む》いているので、どんな顔《かお》をしているのかナツたちにはわかりません。でも、ノロロは、工場長《こうじょうちょう》はねているふりをしているけれど、どうやらおきているみたいだと思《おも》いました。おばあさんの声《こえ》に合《あ》わせて、ときどき背中《せなか》がひくりひくりとうごくからです。

「ここのところわたしを毎日《まいにち》たずねてきてくれたあなたとも、きょうでおわかれね。あなたがきてくれるようになって、あの子《こ》のこと、たくさん思《おも》いだしたわ。

もうこれ以上《いじょう》わすれたくないのにって、いつもくるしかったのが、うそみたい。あなたがそうしてくれたのよね。ありがとう。」

おばあさんの声《こえ》ははればれとして、すこしだけ大《おお》きくなりました。

「わたしはあしたからあなたと会《あ》えなくなるけれど、でもだいじょうぶ。見《み》て、あんなに元気《げんき》な孫《まご》がいるのよ。リンゴのケーキを毎日《まいにち》おやつにつくってねっていわれているの。いそがしくなるわねえ。いっつもみんなでわらっていて、そりゃあにぎやかな家族《かぞく》なの。それにね、あなたみたいなねこちゃんも、わたしが行《い》くのといっしょに家族《かぞく》にむかえてくれるんですって。三毛《みけ》ねこよ。わたしはしあわせものね。」

それからおばあさんは手《て》をとめて、ゆっくりと工場長《こうじょうちょう》にいったのです。

「だけど、きょうはあなたとおわかれするのがさびしいわ。わたしのことを、ずっと心配《しんぱい》してくれていたあなただから。」

その声《こえ》に工場長《こうじょうちょう》の背中《せなか》がひくりひくりとうごきました。

工場長《こうじょうちょう》はかっこいいと、ノロロは思《おも》いました。肖像画《しょうぞうが》はいつもの作業着《さぎょうぎ》で、ノロロのことをおこってばかりで、工場長《こうじょうちょう》のことをこわいとは思《おも》っていたものの、かっこいいと思《おも》ったことはありませんでした。でもきょう、ノロロは、工《こう》場長《じょうちょう》はいつもだれかのことを考《かんが》えていてかっこいい、と思《おも》ったのです。だからノロロはすこし考《かんが》えて、いいました。

「あのさ、ぼく、こんど工場長《こうじょうちょう》みたいな風《かぜ》をつくりたいな。工場長《こうじょうちょう》のかっこいいところが、ぎゅ、ぎゅ、ぎゅ、ってつまっているような風《かぜ》。おばあさんにとどけたいの。」

それを聞《き》いて、ペロリさんがあっはっは、とわらいました。そして、

「ミケが聞《き》いたらよろこぶな。帰《かえ》ったらスノウに相談《そうだん》してごらん。きっといいレシピをつくってくれるよ。」

といったのです。

数日後《すうじつご》、町《まち》にはこんな風《かぜ》がふきました。

「グウーグウーとうなる風《かぜ》・ちょっとよごれた作業着《さぎょうぎ》の青色《あおいろ》・ぶいんとまるくつよくふくけれど、さいごにそよりとやさしくふく風《かぜ》・しっぽの長《なが》さ、あのねこのしっぽの長《なが》さ」

なにも知《し》らない工場長《こうじょうちょう》は、この風《かぜ》を町《まち》に送《おく》りだすボタンをおして、

「ふむ、あのねことはいったいだれだろう。それにしてもきょうの風《かぜ》はちょっとかっこうわるい風《かぜ》だ。」

そういって、しかめつらしながら温《あたた》かいミルクを飲《の》みました。

みずの よしえ（水野良恵）

1975年埼玉県生まれ。2006年、第18回新美南吉童話賞最優秀賞受賞。2007年、第29回子どもたちに聞かせたい創作童話大賞受賞。著書に「ねこの風つくり工場」シリーズ、こぎん刺し作家としての共著に『ちいさなこぎん刺し』（河出書房新社）など。

いづの かじ（伊津野果地）

1971年愛知県生まれ。東京外国語大学イタリア語学科卒業。2006年、ボローニャ国際絵本原画展入選。絵を手がけた著書に『アヤカシ薬局閉店セール』（偕成社）『兵士のハーモニカ』（岩波書店）『ハリ系』（ポプラ社）『ボタ福』（講談社）などがある。

ねこの風つくり工場
工場長のひみつのおひるね

2018年12月　初版第1刷
作　家　　みずの よしえ
画　家　　いづの かじ
発行者　　今村正樹
発行所　　株式会社偕成社
162-8450 東京都新宿区市谷砂土原町 3-5
電話 03-3260-3221（販売）　03-3260-3229（編集）
http://www.kaiseisha.co.jp/
印刷所　　大日本印刷株式会社
製本所　　株式会社常川製本

21cm 126p. NDC913 ISBN978-4-03-528550-2
Published by KAISEI-SHA. Printed in Japan.

本のご注文は電話・ファックスまたは E メールでお受けしています。
Tel : 03-3260-3221　Fax : 03-3260-3222　e-mail : sales@kaiseisha.co.jp